KB264243

물레방아 외

**한국문학산책 05** 중 · 단편 소설
**물레방아 외**

지은이 **나도향**
엮은이 **송창현**
펴낸이 **안용백**
펴낸곳 **(주)넥서스**

초판 1쇄 인쇄 2013년 2월 5일
초판 1쇄 발행 2013년 2월 10일

출판신고 1992년 4월 3일 제311-2002-2호
121-840 서울시 마포구 서교동 394-2
Tel (02)330-5500 Fax (02)330-5555

ISBN 978-89-6790-028-1 04810



www.nexusbook.com
지식의 숲은 (주)넥서스의 인문교양 브랜드입니다.

한국문학산책 05
중·단편 소설

나도향

# 물레방아 외

송창현 엮음·해설

지식의숲

* 일러두기

1. 시대 분위기와 작가의 개성이 드러나는 문장이나 방언, 속어, 고어 등은 원문 표
   기를 따랐다.

2. 원본 한자는 한글로 바꾸고 작품의 이해에 필요한 경우에만 한자를 병기하였다.

3. 독자들의 이해를 높이기 위해 필요한 경우 괄호 속에 뜻풀이를 달았다.

차 례

# 옛날 꿈은 창백하더이다

내가 열두 살 되던 어떤 가을이었다. 근 오 리나 되는 학교를 다녀온 나는 책보를 내던지고 두루마기를 벗고 뒷동산 감나무 밑으로 달음질하여 올라갔다.

쓸쓸스러운 붉은 감잎이 죽어 가는 생물처럼 여기저기 휘둘러서 휘날릴 때 말없이 오는 가을바람이 따뜻한 나의 가슴을 간질이고 지나가매, 나도 모르는 쓸쓸한 비애가 나의 두 눈을 공연히 울먹이고 싶게 하였다.

이웃집 감나무에서 감을 따는 늙은이가 나뭇가지를 흔들 때마다 떼 지어 구경하는 떠꺼머리 아이들과 나이 어린 처녀들의 침 삼키는 고개들이 일제히 위로 향하여지며 붉고 연한 커다란 연감이 힘없이 떨어진다.

음습한 땅 냄새가 저녁연기와 함께 온 마을을 물들이고 구슬픈 갈까마귀 소리 서편 숲 속에서 났다. 울타리 바깥 콩나물 우물에서는 저녁 콩나물에 물 주는 소리가 척척하게 들릴 적에 촌녀의 행주치마 두른 짚세기 걸음이 물동이와 달음박질한다.

나는 날마다 학교에서 돌아오는 길로 하는 것이라고는 이것이 첫 번째 과목이다. 공연히 뒷동산으로 왔다 갔다 한다.

그날도 감나무 동산에서 반숙한 연감 하나를 따먹고서 배추밭, 무밭으로 돌아다녔다. 지렁이 똥이 몽글몽글하게 올라온 습기 있는 밭이랑과 고양이밥이 나 있는 빈 터전을 쓸데없이 돌아다닐 적에 건너편 철도 연변에 서 있는 전깃불이 어느 틈에 반짝반짝한다.

그때에 짚신 신은 나의 아우가 뒷문에 나서면서 부엌에서 밥투정을 하다 나왔는지 열 손가락과 입 가장자리에는 밥알투성이를 하여 가지고 딴 사람은 건드리지도 못하는 저의 백동 숟가락을 거꾸로 들고 서서,

"언니, 밥 먹으래."

하고 내가 바라보고 서 있는 곳을 덩달아 치어다본다.

"그래."

하고 대답을 한 나는 아무 소리도 없이 마루 끝에 가서 앉으며

차려 놓은 밥상을 한 귀퉁이 점령하였다. 밥 먹는 이라고는 우리 어머니와 일해 주는 마누라와 나와 나의 다섯 살 먹은 아우뿐이다.

소학교 사 학년을 다니는 내가 무엇을 알며 무엇을 감득(感得)할 능력을 가졌으며 안다 하면 얼마나 알고 감득하면 몇 푼어치나 감득하리요. 그러나 웬일인지 그때부터 나의 어린 마음은 공연히 우울하여졌다.

나뭇가지 하나가 바람에 흔들리는 것이나, 저녁 참새가 처마 끝에서 옹송그리며 재재거리는 것이나, 한가한 오계가 길게 목 늘여 우는 것이나, 하늘 위에 솟는 별이 종알거리는 것이나, 저녁달이 눈 위에 차디차게 비추인 것이나, 차르럭거리며 흐르는 냇물이나, 더구나 나무 잎사귀와 채소 잎사귀에 얽힌 백로의 뻔지르하게 흐르는 것이 왜 그리 어린 나의 감정을 창백한 감상의 과중(過中)으로 처틀어박는지 약한 심정과 연한 감정은 공연한 비애(悲哀) 중에서 때 없는 눈물을 흘리었었다.

그것을 시상의 발아(發芽)라 할는지 현묘유원(玄妙幽遠)한 그 무슨 경역(境域)을 동경(憧景)하는 첫째 번 동구(洞口)일는지는 알지 못하겠으나 어떻든 나는 다른 이의 어린 때와 다른 생애의 일절을 밟아 왔다.

그러나 그것은 몽롱(朦朧)한 과거이며 흐릿한 기억이다.

그날 저녁에도 어두침침한 마루 끝에서 갓 지은 밥을 한 숟가락 두 숟가락 퍼먹을 때에 공연히 쓸쓸하고 적적하다. 어렴풋한 연기 냄새가 더구나 마음을 괴롭게 한다. 침묵이 침묵을 낳고 침묵이 침묵을 이어 침침한 저녁을 더 어둡게 할 때 나는 웬일인지 간지럽게 그 침묵이 싫었다.

더구나 초가집 처마 끝에서 이리 얽고 저리 얽어 놓는 왕거미 한 마리가 어느덧 나의 눈에 뜨일 때에 나는 공연히 으쓱하여 무엇을 생각하시는지 입에 밥만 씹고 계신 우리 어머니의 얼굴만 치어다보았다.

그리고 코를 손등으로 씻어 가며 손가락으로 반찬을 집어먹는 나의 아우의 얼굴을 바라보았다.

"할멈, 물 좀 떠오게."

하는 소리가 우리 어머니 입에서 떨어지며 그 흉한 침묵이 깨지었다.

할멈은 행주치맛자락에 손을 씻으며 대접을 들고 부엌으로 내려가더니 솥뚜껑 소리가 한 번 덜컹 하고 숭늉 한 그릇을 들고 나온다. 어머니는 아무 소리 없이 그 물을 나에게다 내미시면서,

"물 말아 먹으련?"

하시니까, 물어보신 나의 대답은 나오기도 전에 나의 동생이 어

리광부리는 그 소리로

“물.”

하고 물그릇을 가로채 간다.

“엎질러진다. 언니 먹거던 먹거라.”

하시는 어머니의 권고는 아무 효력이 없이 왈칵 잡아당기는 물그릇을 출렁하더니 내 동생 바지 위에 들어부었다.

그 일찰라간(一刹那間)에 우리 네 사람은 일제히 물러앉으며

“에그.”

하였다. 어머니는,

“걸레, 걸레.”

하며 할멈에게 손을 내민다.

“글쎄, 천천히 먹으면 어때서 그렇게 발광이냐.”

하시며 상을 찌푸리시고 할멈이 집어 주는 걸레를 집어 나의 아우의 바지 앞을 털어 주신다.

때가 묻은 바지 앞을 엉거주춤하고 내밀고 있는 나의 아우는 다만 두 팔만 벌리고 서서 아무 말이 없다.

나는 미안하였든지 동생의 철없이 날뛰는 것이 우스워 그리하였든지 밥은 먹지 못하고 다만 상에서 저만큼 떨어져 앉았다가 석유 등잔에 불만 켜 놓고서 다시 밥상으로 가까이 올 때,

“에그, 다리 아퍼. 저녁을 인제야 먹니?”

하며 마당으로 들어오는 이는 우리 할머니시다.

손에는 남으로 만든 책보를 들고 발에는 구두를 신고 머리를 쪽진 데는 은비녀를 꽂았다. 키가 작달막한 데다가 머리가 희끗희끗한데 검정 치마가 땅에 거의거의 끌리게 된 것을 보니까 아마 오늘도 꽤 많이 돌아다니신 모양이다.

"어서 오십시오."

하며 들었던 숟가락을 놓고 일어나는 이는 우리 어머니시다.

"마님, 오십니까."

하고 짚세기를 신는 이는 할멈이다. 마루 창이 뚫어져라 깡충깡충 뛰며,

"할머니, 할머니."

하고 부르는 것은 나의 아우다. 나는 숟가락을 입에 문 채로 다만 빙그레 웃으면서 반가워하였다.

마루 끝에 할머니는 걸터앉으셨다. 할멈은 걸레로 마룻바닥을 훔치는 사이에 어머니는 부엌으로 내려가셨다. 그릇 소리가 덜거덕덜거덕 난다.

피곤한 가슴을 힘없이 내려앉히시며 한숨을 휘 하고 내쉬신 할머니는 무슨 걱정이나 있는 듯이 부엌을 향하며,

"고만두어라. 내 밥은 아직 먹고 싶지 않다."

하신다. 어머니는 부엌에서 상을 차리시더니,

“왜 그러세요. 조금 잡숫지요.”

“아니다. 저기서 먹었다. 오늘 교인 심방(尋訪)을 하느라고 명철(明哲)이 집에 갔더니 국수장국을 끓여 내서 한 그릇 먹었더니 아직까지도 배가 부르다.”

어머니는 차리던 상을 그대로 놓고 부엌문에서 나오며,

“명철이 집이요, 그래 그 어머니가 편찮다더니 괜찮아요?”

“응, 인제 다 나았더라. 그것도 하느님 은혜로 나은 것이지.”

우리 할머니는 그 동네 교회 전도 부인이시다. 우리 집안은 본래 우리 할아버지와 아버지 사이가 좋지 못하여 따로따로 떨어져 산다.

그리고 우리 할머니는 열심 있는 교인이요, 진실한 신자이지마는 우리 아버지는 종교(현대 사회에서 명칭하는)에 대하여 냉혹한 비평을 하는 사람이었다.

우리 할머니는 본래 교육이 있지 못하다. 있다 하면 구식 가정에서 유교의 전통을 받아 오는 교육이었을 것이며, 안다 하면 한문이나 국문 몇 자를 짐작할 뿐이요, 새로운 사조와 근대 사상이라는 옮기기도 어려운 문자가 있는지도 알지 못할 것이다. 그러나 나는 그 열두 살 되던 해에는 다만 우리 할머니를 한 개 예수 믿는 여성으로 알았었으며, 하느님이 부리는 따님으로만 알았었다. 종교에 대한 견해라든지 신앙이란 여하한 것인지를 알지 못하였다.

나도 예수교 학교를 다니므로 자기의 선생을 절대로 신임하고 자기의 학교의 교풍을 절대로 존중하였었다. 그리고 예수의 십자가에 흘렸던 붉은 피가 참으로 우리 인생의 더러운 피를 씻었으며 수염 많은 할아버지 같은 하느님이 참으로 우리를 내려다보시고 계신 줄 알았었다.

날마다 아침 성경 시간과 주일학교에서 선생에게 들은 바가 참으로 나의 눈앞에 환상으로 나타났었으며 유대 풍속을 그린 성화가 과연 천당, 지옥, 성지, 낙토의 전형으로 보이었었다.

그것이 나에게 어떻든 무슨 인상을 준 것은 사실이니 천사를 생각할 때에는 반드시 서양 여자를 그린 그 채색 칠한 그림이 나의 눈앞에 나타나 보이며, 예수가 십자가에 못 박혀 돌아간 것을 생각할 때에는 시뻘건 육괴(肉塊)가 시안을 부릅뜨고 초민(焦悶)과 고통의 극도를 상징하는 그의 표정과 비린내 나고 차디찬 피가 흐르는 예수의 죽음이 만인의 입과 천년의 세월을 두고 성찬성찬하며, 추앙경모의 그 부르짖음의 소리가 그 어린 나의 귀와 나의 심안(心眼)에 닿을 때에도 그것은 고통으로 보이지 않았으며 초민으로 보이지 않았으며 비린내 나는 붉은 피 보혈로 보이었으니, 무서운 시체를 그린 그 그림이 도리어 나의 어린 핏결 속에 무슨 신앙을 불어넣어 주었었다.

그때의 나의 기도는 하느님이 들었으며 그때의 나의 죄는 예수가 씻었었다.

그것이 결코 지금의 나를 만족시키며 지금 나에게 과연 신앙을 부어 주지는 않는다 하더라도 내가 열두 살 되는 그때의 나의 영혼은 있는지 없는지도 판단치 못하던 하느님이 지배하였었으며 이천 년 옛날에 송장이 되어 썩어진 예수가 차지하였었다. 그때의 나의 영혼은 나의 영혼이 아니고 공명(空名)의 하느님의 것이었으며 그때의 나의 생은 나의 생이 아니며 촉루(髑髏)까지 없어진 예수의 생이었다.

그때의 나는 약자이었으며 그때의 나는 피정복자이었다. 무궁한 우주와 조화를 잃은 자이었으며 명명무한대(瞑瞑無限大)한 대세계의 나의 생을 실현할 능력을 빼앗긴 자이었다.

명명(瞑瞑)한 대공(大空)을 바라볼 때에 유대식 건물의 천당을 동경하였을지라도 자아심상(自我心床)의 낙토(樂土)는 몰랐으며 사후의 영생을 구하였을지라도 생하여서 영생을 알지 못하였다.

사(死)는 생의 척도(尺度)됨을 알지 못하고 생이 도리어 사후의 희생으로 알았었다.

산상(山上)의 교훈과 포도 동산이 교훈을 듣기는 들었으나 열두 살 먹은 나의 호기심을 끌기에 너무 현묘(玄妙)하였으며 애

(愛)의 복음과 자아의 희생을 역설함을 듣기는 들었으나 나에게 과연 심각한 감화를 주지는 못하였었다.

성경의 해석은 일종의 신화로 나의 귀에 들렸으나 그 무슨 신앙을 주었으며 성화를 그린 종잇조각은 한 개 완구가 되었으나 빼기 어려운 우상을 나의 심전에 그려 주었다.

아아, 나는 물으려 한다. 하느님의 사자로 자처하고 교회의 일꾼으로 자임하는 우리 할머니의 그때의 내면적이나 외면적을 불문하고 열두 살밖에 되지 않은 나의 그것과 얼마나 다른 점이 있었으며 얼마나 혼점이 있었을는지?

그는 과연 예수의 성훈을 날것대로 삼키는 자가 되지 않고 조리하고 익히며 그의 완전한 미각으로 그것을 저작(咀嚼)할 줄을 알았을까? 그는 참으로 예수의 정신을, 그의 내적 생활을 체득한 자이었을까?

그는 과연 여하한 신앙으로써 생으로 생까지를 살아갔었으며 그는 참으로 어떠한 영감을 예수교에서 감득하였을까? 나는 다만 커다란 의문표를 안 그릴 수가 없다.

그날도 우리 할머니는 여자의 몸의 피곤함을 깨달으면서도 무슨 만족함이 그의 얼굴을 싸고도는 듯하였다. 그러나 한편으로는 자아 이외의 우리 어머니나 할멈이나 내나 나의 동생을 일개의 죄인시하는 곳에 가련함을 견디지 못하는 듯한 표정이 그의 시들어 가는 입 가장자리와 가느다란 눈초리에 희미하게 얽히어 있었다.

할머니는 조금 있다가 눈살을 잠깐 찌푸리시더니,

"큰일 났어! 예배당에 돈을 좀 가져가야 할 텐데 돈이 있어야지. 다른 사람과 달라서 아니 낼 수도 없고, 또 조금 내자니 우리 집을 그래도 남들이 밥술이나 먹는 줄 아는데 그렇게 할 수도 없고 이런 말씀을 아버지께 여쭈면 공연히 역정만 내시니까!"

하며 우리 어머니에게 향하여 걱정을 꺼낸다.

"요사이 날이 점점 추워져서 자탄비(紫炭費)를 내야 할 터인데 김 부인은 벌써 오 원을 적었단다. 그이는 정말 말이지 살아가기가 우리 집에다 대면 말할 것도 없지 않느냐. 그런데 아버지께 그런 말씀을 하니까 역정을 내시면서 남이 죽으면 따라 죽느냐고 야단을 치시면서 돈 일 원을 주시는구나. 그러니 얘, 글쎄 생각을 해 보아라. 어떻게 일 원을 내니! 내 속이 상해서 죽겠어."

하며,

"그래서 하는 수가 있더냐, 명찰이 집에 가서 돈 오 원을 지금 꾸어 가지고 오는 길이란다."

하며 차곡차곡 접어 쥔 일원 지폐 다섯 장을 펴 보인다.

우리 어머니는 이렇다 저렇다 하는 말 없이 가만히 듣고만 있

다가,

"그러면 그것은 어떻게 갚으실 것입니까?"

하며 빈곤한 생활에 젖은 우리 어머니는 그 갚는 것이 첫째 문제로 그이 가슴을 거북하게 하였다.

"글쎄, 그거야 어떻게든지 갚게 되겠지? 하다못해 전당을 잡혀서라도."

하더니,

"에그, 인제 고만 가 보아야지."

하며 벌떡 일어서서 나가려 하다가,

"애 아범은 여태까지 안 들어왔니?"

한마디를 남겨 놓고 바깥으로 나간다.

우리 어머니는 다만,

"네, 언제든지 그렇게 늦는답니다."

하며 걱정스러운 듯이 문밖으로 할머니를 쫓아나간다.

우리 어머니는 아슬랑아슬랑 어둠 속으로 사라져 가는 우리 할머니의 뒤 그림자가 사라져 없어져 가는 것을 바라보고 있었다. 그리고 그 할머니의 검은 그림자가 다 사라진 뒤에도 여전히 그 할머니의 그림자가 사라져 없어진 곳에서 무엇을 찾는 듯이 바라보고 서 있다.

모든 것이 검기만 한 어두운 밤이다. 나도 나의 동생을 등에 업고 어머니를 좇아 문밖에 서 있었다. 어머니는 소매 걷은 두 팔을 가슴에 팔짱을 끼고 허리를 꾸부정하고 서서 근심스러운 듯이 저쪽 길만 바라보고 서 계신다.

고생살이에 다 썩은 얼굴은 웬일인지 나도 치어다보기가 싫게 화기가 적다. 머리카락이 이마를 덮은 그의 두 눈은 공연히 치어다보는 나를 울고 싶게 하였다. 때 묻은 행주치마와 다 떨어진 짚세기가 더욱 나를 부끄럽게 하였다.

하얀 두루마기가 바라보는 어둠 속에서 희미하게 휘날릴 때마다 우리 어머니는 옆에 서 있는 나에게 나지막한 목소리로,

"아버진가 보다."

하며 나에게 무슨 동의를 청하시는 것처럼 바라보신다. 그러나 그 흰 두루마기가 우리 집으로 향하지 않고 다른 곳으로 지나쳐 버릴 때는 우리 어머니와 나는 섭섭한 웃음을 웃었다.

문간에 서서 아무 말 없이 늦게 돌아오는 우리 아버지를 기다리는 우리는 한 시간이 넘도록 서 있었다.

나의 어린 아우는 등에다 대고 고개를 대고 코를 골며 잔다. 이마를 나의 등에다 허리를 새우등같이 꾸부리고 자다가는 옆으로 떨어질 듯하면 반드시 한 번씩 놀란다. 놀랄 그때 나는 깍지 낀 손을 다시 단단히 쥐고 주춤하고 한 번씩 다시 추키었다. 한 시간을 기다려도 아버지는 돌아오시지 않으셨다. 어머니는

힘없고 낙망한 소리로,

"문 닫고 들어가자!"

하시며,

"에그, 어린애가 자는구나. 갖다 뉘어라."

하시며 대문을 덜컥 닫고 들어오신다.

문 닫는 소리가 어쩐지 쓸쓸하고 적적하다. 우리 집 공중을 싸고도는 공기의 파동은 연색(硯色)의 파문을 그리는 듯이 동적이 아니고 정적이었으며, 양기가 없고 음기뿐이었다. 회색 칠한 침묵과 갈색의 암흑이 이 귀퉁이 저 귀퉁이에서 요사(妖邪)한 선무를 추고 있었다. 나는 그때에 무엇을 감각하였으며 무엇을 감득하였을까?

회색 침묵과 아득한 암흑이 조화를 잃고 선율이 없이 티 없는 쓸쓸한 바람과 섞이어 시름없이 우리 집 전체의 으스스한 공기를 휩싸고 돌아나갈 때 나의 감정은 푸른 감상과 서늘한 감정으로 물들여 주었었다. 마루 끝까지 올라선 나의 눈에 비추인 찬장이나 뒤주나 그 외의 모든 기구가 여러 가지 요괴의 화물같이 보일 때에 나의 가슴은 더욱 서늘하여졌었다. 다만 나무 잎사귀가 나무 끝에서 바스락하는 것일지라도 나를 방 안으로 뛰어 들어가도록 무서웁게 하였다.

어머니가 등잔불을 떼어 들고 나의 뒤를 쫓아 들어오실 때에 그 불에 비추인 나의 어두운 그림자가 저쪽 담벼락에서 어른어른하는 것까지 나의 머리끝을 으쓱하게 하였다.

그러나 그 정숙과 공포가 얽힌 나의 심정을 풀어 주고 녹여 주는 것은 나의 뒤에 서 있는 애(愛)의 신(神) 같은 우리 어머니의 부드러운 사랑의 힘이었다. 그것은 나의 신앙의 전부였으며 나의 앞길을 무한한 저 앞길로 인도하는 구리 기둥이었다. 베드로가 예수를 보고 갈릴리 바다로 걸어감과 같이 이 세상 모든 것을 초월케 하는 최대의 노력이었다. 등잔불의 기름이었으며 쇠북을 두드리는 방망이였다.

방으로 들어온 나는 아랫목에 자리를 펴고 누워서 복습을 하였었다. 본래 공부를 하지 않는 나는 내일에 선생에게 꾸지람이나 듣지 않으려고 산술 문제 두어 문제를 하는 척하여 다른 종이에 옮기어 베끼고 쓰기 싫은 습자는 내일 아침 일찍 일어나 쓰기로 하였다.

나의 동생은 발길로 나의 허리를 지르면서 이리 뒤척 저리 뒤척 이리 뛰굴 저리 뛰굴, 남의 덮은 이불을 함부로 끌어다가 저도 덮지 않고서 발치에다 밀어 던진다. 그리고는 힘 있는 콧김을 길게 내쉬며 곤하게 잔다.

우리 어머니는 등잔 밑에서 바느질을 하시며 눈만 깜박깜박하신다. 할멈은 발치에서 고단한 눈을 잠깐 부치었다.

나는 방 안이라는 조그마한 세계에서 네 개의 동물이 제각각 다른 상태로 생을 계속하는 가운데 남의 걱정과 남의 근심을 알 줄을 몰랐었다.

우리 어머니의 머릿속에는 과연 어떠한 심리 상태의 활동사진이 그의 뇌막에 비치었으며, 늙은 할멈은 어떠한 몽중 세계에서 고생살이 잠꼬대를 하는지 몰랐다. 어린 아우의 단순한 머릿속에도 무서운 호랑이와 동리집 아이의 부러운 장난감을 꿈꾸는 줄은 알지 못하였다.

따뜻한 이불 속에서 두 발을 문지르며 편안히 누웠으니 몇 십 분 전 가득하던 감정이 이제는 어디로인지 다 달아나고 모든 것이 한가하고 모든 것이 평화롭고 모든 것이 노곤한 감몽을 유인하는 것뿐이었다. 인제는 어느 틈에 올는지 모르는 달콤한 잠을 기다릴 뿐이었다. 불그레한 등불 밑에 앉아서 바느질 하시는 어머니의 머릿속에 있는 늦게 돌아오시는 아버지를 기다리시는 초민과 지나간 일을 시간의 얽히었다 풀리었다 하는 기억과 연상과 기대와 동경의 엉크러진 심리는 알지 못하고 다만 재미있는지 기쁜지 으레 그래야 할 것인지 알지 못하는 무의식의 연장선이 나의 전신을 거미줄 얽듯 얽기를 시작하더니 나는 아무것도 몰랐다.

잠이 들었다.

어느 때나 되었는지 알지 못하게 든 잠이 마려운 오줌으로 인하여 어렴풋하게 깨었을 때이었다. 이불을 들치고 엉거주춤 일어선 나의 귀에는 지껄지껄하는 사람의 목소리가 들리더니 등잔불로 부신 두 눈 사이로 아버지의 희미한 윤곽이 보였다.

나는 반가운 마음에,

"아버지!"

하였다.

그러나 우리 아버지는 젓가락으로 앞에 놓인 반찬을 뒤적뒤적하시면서 나를 냉담한 눈으로 멀거니 치어다보시기만 하시더니 무슨 불만한 점이 계신지 노여운 어조로,

"아버진 뭐든지 다 귀찮다. 어서 잠이나 자거라."

하시고는 다시 본 척 만 척하시고 반찬 한 젓가락을 입에 넣으신다. 나는 얼굴이 홧홧하도록 무참하였다. 나는 죄 지은 사람 같이 양심에 무슨 부끄러움이 나의 아버지를 치어다보지 못하게 하였다. 숙몽(熟夢)에 취하였던 나의 혼몽한 정신은 한꺼번에 깨어지며 뻣뻣하던 두 눈은 기름을 부은 듯이 또렷또렷하여졌다. 그때야 나는 우리 아버지의 붉은 얼굴을 보고 술 취하신 줄을 알았다.

어머니는 무참해하고 무서워하는 나의 꼴을 보시고 아버지를 흘겨 치어다보시며,

"어린 자식이 반가워하는 것을 그렇게 말하니 좀 무참하겠소. 어린애들이라 하더래도 좋은 말할 적은 한 번도 없지."
하시다가 다시 나를 향하시어 혼잣말 비슷하고 또는 누구더러 들어 보란 듯이,
"너희들만 불쌍하니라. 아버지라고 믿었다가는 좋지 못한 꼴만 볼 터이니까."
하시며 눈을 아래로 깔고 방바닥을 걸레로 훔치시는 체하신다.
나는 드러눕지도 못하고 일어나지도 못하였다. 드러눕자니 아버지 진지 잡숫는데 불경(不敬)이 될 터이요, 그대로 앉았자니 자다가 일어난 몸이 추운 가운데 공연히 무서워서 몸이 덜덜 떨린다.
이런 때는 나의 어머니가 변호인이요, 비호자(庇護者)임을 다소간의 지낸 경험으로 알고 또는 사람의 본능으로 모성의 자애를 신임하는 나는 우리 어머니의 얼굴만 치어다보았다. 그때 마침 어머니는,
"어서 누워 자거라. 아버지 진지도 거의 다 잡수셨으니."
하셨다.
나의 마음은 얼었던 것이 녹는 듯이 아주 좋았다. 나는 못 이기는 체하고 곁눈으로 아버지의 눈치만 보며 이불자락을 들었다. 그리고 눈 딱 감고 이불을 귀까지 푹 덮고 그대로 드러누웠

다. 그러나 잠은 어디로 달아나 버렸는지 오지 않는 잠을 억지로 자는 척하지마는 마음은 조마조마하여 못 견딜 지경이었다.

아버지는 숟가락을 탁 집어 상 위에 내던지시더니,

"엥, 내가 없어야 해. 없어야 해."

를 두서너 번 중얼거리시더니,

"그래, 자기 자식은 굶든지 죽든지 상관하지를 않고 예배당인지 무엇인지 거기에다간 빚을 얻어다가 주어야 해?"

하시며 옆으로 물러앉으시니까 어머니는,

"누가 알우. 왜 그런 화풀이는 내게다가 하우."

하시는 소리가 떨어지기도 전에,

"무엇, 흥, 기가 막혀. 그래 예수가 무엇이고 십자가가 무엇이야? 왜 구두를 신어! 그 머리가 허연 이가 구두짝을 신고 다니는 꼴이라니. 활동사진 박을 만하지. 예수가 무슨 말을 하였는지 알기들이나 한다나? 그 사생아(私生兒)를 하느님의 아들이라고? 그러나 예수가 나쁜 사람은 아니지. 좋은 사람이지. 참 성인(聖人)은 성인(聖人)이야! 그렇지만 소위 예수 믿는 사람들이 예수라는 그 사람을 믿었지 예수가 부르짖은 그 하느님은 믿지 못하였어! 하느님은 이 세상 아니 계신 곳이 없지! 누구에게든지 하느님은 계신 것이야! 여편네들이 무엇을 알아야지. 내가 이렇게 떠들면 술 먹고 술주정으로만 알렸다! 흥, 우이독경(牛

耳讀經)이야! 기막히지! 여보, 무엇을 알우? 그런 늙은이가 무엇을 알어. 그래 신앙이 무엇인지 참 종교가 무엇인지를 알어? 예수, 예수 하고 아주 기도를 하고! 그것은 모두 약자의 짓이야. 사람은 강자가 되어야 해!"

우리 어머니는 듣고만 계시다가,

"듣기 싫소. 웬 잔말이요! 그런 말을 하려거든 어머니나 아버지한테 가서 하구려."

하시며, 상(床)을 들고 나가려고 하시니까 아버지는,

"뭐야, 듣기 싫다구?"

하시더니, 어머니의 치마를 홱 잡아당기시는 김에 치마가 북 하고 찢어졌다. 어머니는 상을 할멈에게 주고 찢어진 치마를 들여다보시며 얼굴이 빨개지신다. 여자인 어머니는 의복의 파손(破損)이 얼마큼 아까운지 모르시는 모양이다. 치마폭이 찢어지는 그 예리한 소리와 함께 우리 어머니의 신경은 뾰족한 바늘 끝으로 쭉 내리 베는 것같이 날카로웁고 자극을 받으신 모양이다.

"이게 무슨 짓이오. 여편네 옷을 찢지 못하면 어찌 말을 못하오? 그래, 무슨 말이요. 어디 말을 좀 해 보우. 어쩌자고 이러시우. 날마다 늦게 술이나 취하여 가지고 만만한 여편네만 못 살게 구니 참으로 사람 죽겠구려! 무슨 말이요. 할 말 있거든 어서 하시오!"

흥분된 어조를 조금 높이신 까닭에 높은 음성은 또 우리 아버지를 흥분시키는 동시에 노여웁게 하였다.

"말을 하라구? 흥, 남편된 사람이 옷을 좀 찢었기로 무엇이 어쩌구 어째?"

"글쎄, 내가 무엇이라고 했소, 내가 무슨 죄요. 참으로 허구한 날 살 수가 없구려."

"듣기 싫어. 여편네들이 무엇을 알아야지. 남편의 심리를 몰라주는 여편네가 무슨 일이 있어서. 다 고만두어. 나는 우리 아버지에게 내버림을 당한 사람이고 세상에서 구박을 당한 사람이니까⋯⋯. 에⋯⋯후⋯⋯."

우리 아버지는 이렇게 떠드시다가 다시 한참 가만히 앉아 계시더니 벌떡 일어나시며,

"엥! 가만있거라. 참말 그대로 있을 수는 없어! 내가 가서 좀 설교를 해야지. 내가 목사 노릇을 좀 해야 해."
하고 모자를 쓰고 벌떡 일어나시며 문 밖으로 나가시려고 하니까 어머니는 또다시 목소리를 고치시어 부드럽고 애원하는 중에도 조금 노기를 띠신 어조로,

"여보, 제발 좀 고만두. 글쎄 이게 무슨 짓이요. 이 밤중에 가기는 어디를 가며 가셔서 어떻게 하실 모양이요. 자! 고만 옷 좀 벗고 눕구려."

아버지는 듣지도 않고 방문을 홱 열어젖뜨린다. 고요한 저녁 공기가 훈훈한 방 안으로 혹 불어 들어오며 나의 온몸을 선뜩하게 하더니 석유 등잔의 불이 두어 번 뻔득뻔득한다.

어머니는 아버지의 팔을 붙잡으시었다. 웅크리고 마루에 앉아 있던 할멈은 황망하여 하지도 않고 여러 번 경험한 그의 침착한 태도로 두 팔을 벌리고 다만 이리 왔다 저리 왔다 하면서 동정만 살피고 있다.

어머니는 떨리는 목소리로,

"글쎄 남이 알면 글쎄 무슨 꼴이우."

하는 말을 듣지도 않으시고 우리 아버지는 어머니의 팔을 홱 뿌리치신다. 어머니는 에크 소리를 지르시며 방문 밖에서 방 안으로 넘어지시며 한참이나 아무 말 없이 엎드려 계신다.

"남부끄럽다? 남부끄럼을 당하는 것보다도 자기 양심에 부끄러운 짓을 하는 것이 더욱 부끄러운 것이야."

하시고 술 취하신 얼굴에 분기(憤氣)를 띠시고 또한 옆으로는 엎어져 일어나시지도 못하는 어머니를 다소간 가여움과 미안한 마음이 생기시나 위신상 어찌하시지 못하는 어색한 얼굴을 돌이켜 보지도 않으시고 문 바깥으로 나가신다.

나가시는 규칙 없는 발소리가 대문이 닫히는 소리와 함께 사라졌다.

할멈은 어머니를 붙잡아 일으키시며,

"다치지 않으셨어요?"

하며 어머니가 애처로워 보이기도 하고 또는 아버지의 술주정이 귀찮기도 하여서 상을 찌푸려 어머니를 들여다보시며 물어본다.

나도 그때야 이불을 벗고 일어나서 어머니를 보았다. 어머니는 일어나 앉으시기는 앉았으나 아무 말이 없으셨다.

철모르는 나의 아우는 말라붙은 코딱지를 떼며 주먹으로 비비면서 힘없는 손가락을 꼼질꼼질하며 자고 있다. 나는 다만 어머니의 동정을 살피고 있었을 뿐이었다.

몇 분간 동안은 아주 고요 정적(靜寂)하여졌다.

폭풍우가 지나간 바다의 물결 같은 공기가 온 방 안을 채우고 자는 듯이 고요하다.

그때에 나는 어머니의 머리카락이 덮인 두 눈을 바라보았다. 두 눈에는 불에 비쳐 반짝거리는 눈물방울이 방울방울 떨어지고 있었다. 이것을 본 나의 전신의 뜨거운 피는 바늘 끝으로 찌르는 듯이 파랗게 식은 듯하였다.

나의 마음은 어머니의 눈물에서 그 무슨 비애(悲哀)의 전염을 받은 듯이 극도로 쓰렸었다. 나는 그대로 어머니의 얼굴을 치어다볼 수가 없어 이불을 뒤집어쓰고 어머니와 함께 눈물을 흘려 울었다.

할멈은 부젓가락만 만지고 있는지 달가닥달가닥하는 소리가 들릴 뿐이다. 그리고 어머니의 떨리는 숨소리와 코 마시는 소리가 이불을 뒤집어쓴 나의 귀 위에 연민과 비애의 정(情)을 속삭여 주었다.

어머니는 한참이나 우시더니 코를 요강에 푸시고 이불을 다시 붙잡아 나와 나의 동생을 다시 덮어 주시었다. 그리고 한 손으로 나의 발치와 나의 가장자리를 어루만져 주실 때 간지러운 자애(慈愛)의 정(情)이 부드러운 명주옷같이 나의 어린 가슴을 따뜻하게 하시었다.

이튿날 아침, 우리 어머니는 나의 동생의 손을 잡고 나와 함께 우리 외가로 향하여 떠나갔다. 물론 아침도 먹지 않고 늦도록 주무시는 아버지의 아침밥은 할멈에게 부탁이나 하셨는지 으레 알아야 할 할멈에게 집안일을 맡기시고 오 리 남짓한 외가로 갔다.

가는 길에 나는 매우 기뻤었다. 무엇하러 가시는지도 모르는 어머니의 심정은 알지도 못하고 귀여워하시는 할머니를 만나러 간다는 것만 좋아서 앞장을 섰다.

그때의 어머니는 하소연할 곳을 찾아가시는 것이었을 것이다. 팔자(八字)의 애소(哀訴)를 자기의 친부모에게 하러 가시는 것이었을 것이다.

일생을 의탁(依託)할 우리 아버지를 사랑하지 않는 것이 아니며 못 믿는 것이 아니지마는 발아래 엎드려 몸부림할 만치 자기의 울분과 자기의 비애를 호소할 곳을 찾아 지금 우리 어머니는 우리 외가로 가시는 것이다.

그때 그에게는 자기의 부모가 유일한 하느님이며 위안자이었다. 약한 심정을 붙일 만한 신앙을 갖지 못한 우리 어머니는 자애의 나라로 달음박질하며 거기에 자기를 위로하여 주고 자기의 애소의 기도를 들어 줄 아버지 어머니가 계실 것을 믿음이었었다.

명명(瞑瞑)한 대공(大空)과 막막한 천애(天涯) 저편에 위안(慰安) 나라를 건설치 못하고 작은 가슴속 보이지 않는 심상(心床) 위에 천당과 낙원을 걷지 못한 우리 어머니는 다만 자애의 동산을 찾아가시었다.

걸어가시는 어머니의 얼굴에는 어제 저녁에 울분을 참지 못하시는 푸른 표정과 어머니나 아버지에게 팔자 한탄을 푸념하리라는 굳은 결심의 빛이 보였었다.

가게 앞을 지나고 개천을 건너고 사람과 길을 피하고 돌멩이가 발끝에 채일 때에도 우리 어머니의 머릿속에는 그것뿐이었을 것이다.

그러나 우리 어머니의 머리는 그렇게 단순한 것이 아니었었다. 나이 어린 어린아이의 그 마음을 갖지는 않았었다. 우리를 볼 때 우리 아버지를 생각하며 부모의 자애를 생각할 때에도 자기의 충심에서 발동하는 애모의 정을 깨달았다.

그는 자기의 남편을 사랑하는 동시에 자기의 부모를 사랑하였다. 그는 자기 남편의 불명예를 자기 부모에게 하소연하는 것을 아까 집 대문을 나설 때까지는 결심하였는지는 알지 못하겠으나 반이나 넘어 가까이 자기 부모 집을 왔을 때에 그것을 부끄리는 정이 나오는 동시에 또한 그 불명예로운 소리를 발(發)하는 아내 된 자기의 불명예로움을 알았다. 그리고 자기 남편의 불명예를 음폐하려는 동시에 자기 부모의 심로를 생각하였다. 자애를 부어 주는 자기 부모에게 자기의 울분을 애소하는 것이 자기에게는 좋은 것이나 자기 부모의 마음을 조심되게 함을 깨달았다.

나의 동생은 아슬렁아슬렁 걸어가면서 무어라고 감흥에 띤 이야기를 중얼거리면서 걸어간다.

어머니는 외가에 거의 다 왔을 때에 나에게 은근한 목소리로,

"너 할머니나 할아버지께 어제 저녁에 아버지가 술 먹고 야단했다는 말을 하지 말어라."

하시며, 무슨 응답이나 들으시려는 듯이 나를 들여다보신다.

나는,

"예."

하였다.

그 '예' 소리가 나의 입에서 떨어지면서 무슨 해결치 못할 문제가 다 풀린 듯한 감이 생기며 집에서 나올 때부터 무슨 불행스럽고 불안하던 마음이 다시 화평하여졌다.

# 행랑 자식

1

　어떠한 날, 춥고 바람 많이 불던 겨울밤이었다. 박 교장의 집 행랑에서 글 읽는 소리가 나더니 꺼져 가는 촛불처럼 차츰차츰 소리가 가늘어 간다. 그러다가는 다시 옆에서 어린애 입에 젖꼭지를 물리고서 졸음 섞어 꽥 지르는 소리로,

"어서 읽어!"

하는 어머니 소리에 다시 글소리는 굵어진다.

　나이는 열두 살. 보통학교 사 년 급에 다니는 진태라는 아이니 그 박 교장의 집 행랑아범의 아들이다. 왱왱 외우던 글소리는 단 이 분이 못 되어 다시 사라졌다. 그리고는 동리집 시계가 열한 시를 치는 소리가 들리더니 사면은 고요하였다.

## 2

이튿날 날이 밝은 뒤에 보니까 온 마당, 지붕, 나뭇가지에 눈이 함박같이 쏟아졌다. 그런데 아직까지도 눈이 다 끝나지 않고 보슬보슬 싸라기눈이 내려온다.

진태는 문 뒤에 세워 놓았던 모지랑비를 들고 나섰다. 처음에는 새로 빨아 펼쳐 놓은 하얀 요 위에 뒹구는 것처럼 몸 가볍고, 마음 상쾌한 기분으로 빗자루를 들었으며 모지랑비와 약한 자기 팔로써 능히 그 많은 눈을 치워 버릴 줄 알았으나 두어 삼태기를 가까스로 퍼 버리고 나니까 팔이 떨어지는 것 같고 허리가 부러지는 듯하였다. 그러나 아니 칠 수는 없었다. 날마다 아침에 일어나서 마당을 쓰는 것이 자기의 직분이다.

어머니는 안으로 밥을 지으러 들어가고 아버지는 병문으로 인력거를 끄을러 나갔다.

한두 삼태기를 개천에 부은 후에 다시 세 삼태기를 들고서 낑낑하면서 개천으로 간다. 두 손끝은 눈에 녹아서 닭 튀해 뜯을 때 발 허물 벗겨 내듯 빠지는 듯하고 발끝은 저려서 토막을 내는 듯하다.

그는 발을 억지로 옮겨 놓았다. 눈 든 삼태기가 자기를 끌고 가는 듯하다. 그렇게 그가 길 중턱까지 갔을 때 그의 팔의 힘은

차차 없어지고 다리에 맥이 핵 풀리었다. 그래서 그는 손에 들었던 눈 삼태기를 탁 놓치었다. 그러자 누구인지,

"이걸 좀 봐라."

하는 어른의 호령 소리가 바로 자기 머리 위에서 들리자 고개를 쳐들고 보니까 교장 어른이 아침 일찍이 어디를 다녀오시다가 발등에다가 눈을 하나 잔뜩 덮어쓰시고 역정 나신 얼굴로 자기를 내려다보고 계신다. 진태는 그만 얼굴이 홧홧하여졌다. 그리고 아무 말도 못 하고 그대로 멀거니 서 있었다. 그는 무엇으로 그 미안한 것을 풀어야 좋을지 알지 못하였다. 그러다가 하얀 새 버선에 검은 흙이 섞인 눈이 묻어 있는 것을 보고서 자기의 손으로 그것을 털어 드리면 얼마간 자기의 죄가 용서되리라 하고서 허리를 구부려 두 손으로 그 버선등을 털어 드리려 하였다. 그러나 교장은 한 발을 탁 구르시더니,

"고만두어라. 더 더럽는다."

하시고서,

"엥!"

하시며 안으로 들어가시었다. 진태는 무참하였다. 손에는 어제 저녁에 습자 쓰다가 묻은 먹이 꺼멓게 묻어 있다. 털어 드리면은 잘못을 용서하실 줄 알았더니 더 더러워진다 핀잔을 주시고 역정을 더 내시는 것 같다. 그래서 그는 어떻게 해야 좋을지 알

지 못하여 그대로 멀거니 서 있었다. 무참을 당하여 얼굴도 홧홧하고 두 손에서는 불이 난다.

그래서 그는 안으로 들어가지 못하고 행랑 자기 방으로 들어가다가 안마루 끝에서 주인 마님이,

"아 그 애 녀석도, 눈이 없는가? 왜 앞을 보지 못해?"

하는 소리를 듣고서는 쥐구멍으로라도 들어가 버리고 싶도록 온몸이 옴츠러졌다. 그리고는 자기 뒤로 따라 나오며 주먹을 들고서 때리려 덤비는 자기 어머니가,

"이 망할 녀석, 눈깔을 얻다 팔아먹고 다니느냐?"

하고 덤비는 듯하여 질겁하여 방 안으로 들어갔다.

아니나 다를까, 조금 있더니 보기 싫은 젖퉁이를 털럭털럭하면서 어머니가 쫓아 나왔다.

"이 망할 녀석, 눈깔이 없니? 나리마님 새 버선에다가 그것이 무엇이냐? 왜 그렇게 질뚱바리냐, 사람의 자식이."

어머니는 그래도 말이 적었다. 그리고는 곧 다시 안으로 들어갔다.

진태는 간이 콩알만하게 무서운 것은 둘째 쳐 놓고, 웬일인지 분한 생각이 난다. 아무리 생각을 하여도 자기 잘못 같지는 않다. 자기가 눈 삼태기를 들고 가는데 교장 어른이 딴 생각을 하면서 오시다가 닥달린 것이지 자기가 한눈을 팔다가 그리한 것

은 아니다.

그래서 웬일인지 호소할 곳이 없어 그는 그대로 방바닥에 엎드러졌다. 그리고는 고개를 두 팔로 얼싸안고 자꾸자꾸 울었다. 그는 눈물이 방바닥에 떨어지는 것을 알았다. 삿자리 깐 그 밑으로 흙내가 올라오는 것을 맡았다. 그리고는 어머니도 걱정을 하고 아버지도 걱정을 할 터요, 더구나 아버지가 이것을 알면은 돌짝 같은 손에 얻어맞을 것을 생각하매 몸서리가 난다. 그는 신세 한탄할 문자를 모르고 말도 모른다. 어떻든 억울하고 분하였다. 그렇다고 어디 가서 호소할 데도 없었고 분풀이할 곳도 없었다.

그는 방바닥에 한참 엎드려서 느껴 가면서 울고 있을 때 방문이 펄썩 열리었다. 그는 깜짝 놀랐으나 돌아다보지도 않았다. 그의 생각에는 그 문 여는 사람이 어머니려니 하였다. 그래서 약한 마음에 이렇게 우는 것을 보면은 어머니는 나를 위로하여 주려니 하였다. 그래서 어머니가 일어나라고 하기만 기다렸다.

그러나 한참 아무 소리가 없더니,

"얘!"

하고 험상스럽게 부르는 사람은 자기 아버지다. 그는 위로를 받기커녕 벼락이 내릴 것을 그 찰나에 예감하였다. 그는 눈물이 쏙 들어가고 온몸이 선뜩하였다.

이번에는 꽥 지르는 소리로,

"애, 일어나거라, 이것아."

하는 아버지의 성난 얼굴이 엎드린 속으로 보인다. 그는 그러나 벌떡 일어나지는 못하였다. 자기 눈 가장자리에는 눈물이 묻었다. 그 눈물을 보면은 반드시 그 우는 곡절을 물을 터이다. 그 대답을 하면은 결국은 벼락이 내릴 터이다. 그래서 일어나지도 못하고, 그대로 있지도 못하고 그의 가슴은 초조하였다.

두 발이 성큼 방 안으로 들어오는 듯하더니 무쇠갈구리 같은 손이 자기 저고리 동정을 꿰들어 번쩍 쳐들었다. 그는 쇠관에 매달린 쇠고기 모양으로 반짝 들리었다.

"울기는 왜 우니?"

하는 그의 아버지도 자식 우는 것을 볼 때 어떻든 그 눈물을 동정하는 자정(慈情)이 일어나는지 목소리가 조금 낮아지며 또는 웃음이 섞이었으니 그것은 그 눈물나는 마음을 위로하려는 본능이다.

"왜 울어?"

대답이 없다.

"글쎄, 왜 우니?"

가슴이 타나 대답할 수는 없었다.

"엄마가 때려 주던?"

진태는 고개를 내흔들며 느껴 울었다.

"그러면 왜 우니? 꾸지람을 들었니?"

"아…뇨."

진태는 다시 고개도 흔들지 않았다.

"그럼 왜 울어. 말을 해."

아버지는 화가 나는 것을 참았다. 그리고는,

"이 자식아! 말을 해라. 왜 벙어리가 되었니? 말이 없게!"

하고서는 무슨 생각을 하였는지 여러 번 타일러 보다가,

"웬일야!"

하고 혼잣말을 하더니 바깥으로 나간다. 그것은 근자에 볼 수 없는 늘어진 성미였다. 어멈에게 물어볼 작정이었던 것이다.

아범은 문밖으로 나갔다. 그러더니 다시 들어오며,

"삼태기 어쨌니? 응, 삼태기?"

하며 안팎으로 들락날락하는 서슬에 안부엌에서 어멈이 설거지를 하면서,

"왜 아까 진태가 마당을 쓴다고 가지고 나갔는데."

하고,

"개더러 물어보구려."

한다.

아범은 화가 나는 듯이,

“그런데 쭉쭉 울고 있으니 무엇이라고 그랬나?”

하며 어멈을 본다.

그러자 안마루에서 마님이 무엇을 보다가 운다는 소리를 듣더니 미안한 생각이 났던지,

“아까 눈인가 무엇인가 친다고 나리마님 발등에다가 눈을 쏟아뜨렸다네. 그래서 어멈이 말마디나 한 것인 게지.”

아범의 눈은 실룩해졌다. 그리고는 잡아먹을 짐승에게 덤비려는 호랑이 모양으로 고개가 쏙 내밀리더니 어깨가 으쓱 올라간다. 그리고는 아무 말 없이 바깥 행랑으로 나아간다.

바깥으로 나온 아범은 다짜고짜로 방문을 열어 젖뜨렸다. 그의 생각에는 주인나리의 발등에 눈 엎은 것은 외려 둘째이다. 삼태기 하나 잃어버린 것이 자기 자식을 쳐 죽이고 싶도록 아깝고 분하고 망할 자식이다.

“이 녀석!”

자기 아들을 움켜잡았다.

“이리 나오너라.”

진태는 두 손 두 다리를 가슴에다 모으고서 발발 떨면서 자기 아버지만 치어다본다.

“이 망할 자식, 울기는 아비를 잡아먹었니, 어미를 잡아먹었니? 식전 아침부터 홀짝홀짝 울게.”

하더니 돌덩이 같은 주먹이 그의 등줄기를 보기 좋게 울리었다.

"에그 아버지, 에그 아버지."

하며 볶아치는 소리가 줄을 대어 나왔으나 그 뒷말은 없었다. 매를 맞는 진태도 잘못했습니다를 조건 없이 할 수는 없었다.

"무어야 아버지! 이 녀석, 이 망할 자식."

하고서는 사정없이 들이 팬다.

울고, 호령하는 소리가 야단스럽게 나니까 어멈이 안에서 뛰어나오며,

"인제 고만두, 고만둬요. 요란스럽소."

하고 만류를 한다.

"이게 왜 이래. 가만있어. 저리 가요."

하고 팔꿈치로 뿌리치고는,

"이놈아, 그래 눈깔이 없어서 나리마님 버선에다가 눈을 들이부어 놓고, 또 무엇에 마음이 팔려서 삼태기를 밖에다가 놓아두어 잃어버리게 했니? 응, 이 집안 망할 자식!"

아범의 손이 자기 아들의 볼기짝, 등어리, 넓적다리 할 것 없이 사정없이 때릴 때마다 어린 살에는 푸르게 멍이 들고 피가 맺힌다.

그러할 때마다 아범의 목소리는 더한층 높아지고 떨리고 슬픔과 호소가 엉키었다. 그는 자기 아들을 때릴 때마다 눈앞에서

자기 손에 매달려 애걸하는 자기 아들이 보이지 않고 안방 아랫목에 앉아 있는 주인나리가 보인다. 그리고는 자기 아들을 때리는 것 같지 않고 자기 주인나리를 욕하고 원망하고, 주먹질하고 싶었다.

"인제 고만 좀 두."

하는 어멈은 자식을 가로챘다. 그래 가지고는 다시 자기 아들을 껴안았다.

3

그날 해가 세 시나 넘어 네 시가 되었다. 진태는 학교에 다녀왔다.

앞대문을 들어오려다가 보니까 새로이 삼태기 하나를 사다 놓았다. 싸리나무로 얽은 누렇고 붉은 삼태기를 볼 때 그의 매맞은 자리가 다시 아프고 얼얼하다.

툇마루에 걸터앉으니까 어머니는 상에다 밥을 차려 가지고 방으로 들어오라고 부른다. 방 안에는 모닥불이 재만 남았는데 인두 하나가 꽂히어 있고, 또는 다 삭은 부젓가락과 부삽 하나가 꽂혀 있다. 어머니는 누더기 천에다가 작년에 낳은 어린애를 안고서 젖을 먹인다. 어린애는 젖꼭지를 물고서 입을 오물오물 하면서 한 손으로 다른 쪽 젖꼭지를 만진다.

진태는 그 동생을 볼 때 말없이 귀여웠다. 그래서 손가락으로 볼따구니도 건드려 보고, 엇구 엇구 혓바닥소리를 내어서 얼러 보기도 하였다.

어린애는 벙싯 웃었다. 그리고는 젖꼭지를 쑥 빼고서 진태를 돌아다보았다.

어머니는 침착한 얼굴로 어린애의 손가락만 만지고 있더니,

"옛다."

하고 어린애를 내밀면서,

"좀 업어 주어라."

하고서 어린애를 곤두세운다. 그러자 진태는,

"밥도 안 먹고!"

하고 밥을 얼른 먹고서 어린애를 업으려 하였다. 그러나 진태의 집에는 아직 밥을 짓지 않았다. 어머니는 안에 들어가 밥을 지으려 하기는 해도 우리 먹을 밥은 지으려 하지 않는다.

진태는 어머니가 안으로 들어간 후 어린애를 업고서 방 안으로 왔다 갔다 하면서 밥을 짓지 않으니 아마 쌀이 없나 보다 하였다. 그리고는 아버지가 얼른 돌아와야 할 것이라 하였다.

진태는 뚫어진 창틈으로 바깥을 내다보면서 아버지가 혼자

인력거를 끌어서 쌀 팔 돈을 가지고 오지나 않나 하고서 고대하였다.

그래도 미심하여서 그는 쌀 넣어 두는 항아리를 들여다보았다. 들여다보니까 겨 묻은 쌀바가지가 시꺼먼 항아리가 쾅 빈 데 들어 있을 뿐이다. 진태는 힘없이 뚜껑을 덮고서 섭섭한 마음으로 방 안을 왔다 갔다 하였다. 어린애는 등에서 꼼지락꼼지락하고서 두 발을 비빈다.

'오늘도 또 밥을 하지 못하는구나.'
하고서 펄럭펄럭하는 문을 열고 쪽마루로 내려왔다.

내려와서는 냄비가 걸려 있는 아궁이 밑을 보았다. 거기에는 타다 남은 푼거리 장작이 두어 개 재 속에 남아 있다.

그는 다시 장작 갖다 놓아두는 부엌 구석을 보았다. 거기에는 부스러기 나무도 없다.

바람이 불어서 쓸쓸스러운 행랑의 씻은 듯한 살림살이를 핥고 지나가고 으슴츠름하게 어두워 가는 저녁 날은 저녁 못 지을 것을 생각하고 섭섭한 감정을 머금은 진태의 어린 마음을 눈물 나게 한다.

조금 있다가 어머니는 허둥지둥 나왔다. 아마 부엌에 불을 지피고 나온 모양이다.

진태의 눈에는 아궁이에서 타 나오는 장작불을 한 발로 툭툭

차 넣던 어머니의 짚세기 발이 보인다.

어머니는 나오면서 등에 업힌 어린애를 보더니,

"에그 추어! 저런, 무엇을 좀 씌워 주려무나."

하고서,

"남바위 어쨌니? 손이 다 나왔구나."

하더니 방으로 들어가 진태가 돌에 쓰던, 십 년이나 되는 남바위를 들고 나온다. 털은 다 떨어지고, 비단은 모두 삭았다.

그것을 어린애를 씌워 주고 어머니는 다시 문밖을 내다보고 오 분이나 서 있었다.

진태는 그 서 있는 의미를 짐작하였다. 아버지 돌아오시기를 기다리는 것이다.

그러다가 어머니는 갑자기 덜미에서 누가 딱 하고 놀래는 것처럼 깜짝 놀라며 다시 안으로 들어가려고 돌아섰다.

그때 진태는,

"저녁 하지 않우?"

하고서 어머니 뒤를 따라 들어갔다. 어머니는 화가 나고 초조하던 판에,

"밥도 쌀이 있고 나무가 있어야지."

하고 소리를 꽥 지른다. 진태 잔등에 업혀 있던 어린애가 깜짝 놀라며 와 운다.

진태는 어린애를 주춤주춤 추슬러 달래면서 아무 말 못 하고 섰었다.

어머니는 다시 안으로 들어갔다. 진태도 따라 들어갔다. 그리고는 부엌 앞에 앉아서 불을 넣고 앉았었다.


4


날이 어둡고 전깃불이 켜지었으나 밥을 하지 못하였다.

그리고 아버지도 아직 돌아오지를 않는다. 진태 어머니는 상을 차려 드리고 바깥으로 나오려고 하니까 마님이,

"어멈."

하고 부르신다.

"네."

하고서 어멈은 문을 열려다가 다시 돌아다보았다.

"오늘 저녁을 하였나?"

어멈은 조금 주저주저하다가,

"먹을 것 있어요."

하고서 부끄러운 웃음을 웃었다.

"아범 들어왔나?"

“아즉 안 들어왔에요.”

“그럼 저녁도 짓지 못하였겠네그려.”

어멈은 아무 말도 없었다. 마님은 벌써 알아채고서,

“그래서 되겠나? 어린것들이 추워서 견디겠나.”

하고서,

“자, 이것이나.”

하고서 상 끝에 먹다 남은 밥을 이 그릇에서 저 그릇으로 모두어 놓으면서,

“그놈도 들어오라구 그래. 불도 안 땐 모양이지? 추워서들 견디겠나. 어른은 괜찮겠지마는 어린애들이…….”

하고서,

“어서 그놈도 들어오라고 해.”

하며 어멈을 치어다본다.

어멈은 다행히 여겨 바깥으로 나오며,

“애, 진태야!”

하며 진태를 부른다.

“왜 그러세요?”

진태는 문밖에 섰다가 문 안으로 들어오며 묻는다.

“들어가자!”

“어데로?”

“안으로 말야. 마님이 밥 먹으러 들어오라신다.”

진태의 얼굴은 당장에 새빨개지더니,

“왜 아버지 들어오시거든 밥을 지어 먹지.”

“어데 들어오시니.”

“언제든지 들어오시겠지.”

“들어가. 부르시니…….”

진태는,

“싫어요.”

하고서 돌아섰다.

진태의 마음에는 아까 아침에 나리의 버선등을 더럽힌 것을 생각하매 다시 마님의 낯을 뵈옵기도 부끄럽거니와 아무것도 잘못한 것이 없는데 아버지에게 매를 맞게 한 것이 분하기도 하였다.

그런 데다가 안방에는 자기와 동갑 되는 교장의 딸이 자기와 같은 학교 여자부에 다니는데 그 계집애 보기에 매 맞은 것이 부끄럽다.

“애, 나중에는 별소리를 다 듣겠네. 어서 들어가자.”

어머니는 재촉을 한다.

“어서 들어가.”

진태는 심술궂게,

"싫어요. 나는 밥 얻어먹으러 들어가기는 싫어요."

하고 소리를 질렀다.

"빌어먹을 녀석, 기다리셔, 안에서."

"기다리시거나 말거나 나는 안 들어가요."

어멈 마음에도 자기 아들의 말하는 것이 잘못이 아니었다. 그리고 꾸짖기는 고사하고 동정할 만한 일이었으나 그래도 당장에 배고파할 것과 또는 자기도 밥을 먹어야지만 어린애 젖을 먹일 것이다. 그래서 자기 아들의 굳은 의지를 어머니 된 위력으로 꺾지 않을 수 없었다.

"안 들어갈 터이냐."

그 말을 하고 부지깽이를 찾는 척할 때 그는 웬일인지 하지 못할 짓을 하는 비애를 깨달았다.

"싫어요."

진태는 우는 소리로 거절하였다.

"싫으면 밥 굶을 터이냐?"

"굶어도 좋아요."

"어디 보자. 어린애나 이리 내라."

어린애를 안고서 어머니는 안으로 밥을 얻어먹으러 들어갔다. 그러나 진태는 방에 들어가 깜깜한 속에 드러누워 있었다.

그날 어째 그렇게도 섧고 분하고 쓸쓸한지 모르겠다. 어째 이런가 하는 생각이 난다. 그리고 아버지나 얼핏 들어왔으면 좋겠다 하였다.

십 분이 못 되어 어머니는 다시 나왔다.

"애."

하고 문을 열고 고개를 들이밀며,

"마님이 들어오래신다. 어서, 어서."

진태는 그대로 누운 채 다시 돌아누우며,

"싫어요, 안 들어가요."

"나리가 걱정하셔."

"싫어요, 글쎄."

어멈은 다시 들어갔다. 그리고 오 분이 못 되어 또 나오는 소리가 들렸다. 그러더니 이번에는 문을 열고서,

"그럼 옛다!"

하고 무엇을 내민다. 진태는 방바닥이 차디차고 찬바람이 문틈으로 스쳐 들어오는 것을 막기 위하여 이불을 내리덮고 새우잠을 자다가 어머니 소리를 듣고서,

"무엇예요?"

하다가 얼른 목소리를 잡아당겼다.

"자, 밥 먹고 드러누워라. 이 추운데 저것이 무슨 청승이냐."

진태는 온 전신을 사를 듯이 부끄러운 감정이 획 흐르며,

“글쎄 싫다니까. 안 먹어요. 먹기 싫어요.”

어머니는 들어왔다. 진태를 밀국수 방망이 밀듯이 흔들흔들 흔들면서 타이르고 간청하듯이,

“일어나거라, 응! 일어나.”

진태는 더욱 담벼락으로 가까이 가며,

“싫어요. 나는 배고프지 않아요.”

하고서 고개를 이불로 뒤집어쓰고 아무 말이 없다.

“고만두어라. 너 배고프지. 얼마나 배고프겠니?”

하고서 그대로 안으로 들어가려 할 때,

“에 추워.”

하고서 들어오는 사람은 자기 아버지다. 어멈과 아범은 맞닥뜨렸다.

“이건 눈깔이 빠졌나. 에구 시…….”

하며 아범이 소리를 질렀다.

“어두워서 보이지를 않는구려.”

하고서 여성답게 미안한 어조로 어멈은 말을 한다.

이 한 번 맞닥뜨린 것이 빈손으로 들어오는 자기 남편을 몰아셀 만한 용기를 꺾어 버리었고 주머니 속이 비어 있는 아범은 또한 큰소리를 할 만한 용기를 줄게 하였다.

“어떻게 되었소?”

“무엇이 어떻게 돼? 큰일 났어, 큰일. 벌이가 있어야지. 저녁은 어떻게 했나?”

“여보, 그 정신 나간 소리는 좀 두었다 하우. 무엇으로 저녁을 해요.”

아범은 아무 소리 못 하고 방 안으로 들어갔다. 진태는 일어나 앉았다. 그리고는 속으로 반갑기는 그만두고 한 가닥의 희망까지 끊어져 버리었다.

“그럼 어떻게 하나?”

아범은 불 켤 것도 생각지 않고서 한탄을 한다.

“그래 한 푼도 없소?”

“아따, 이 사람아! 돈 있으면 막걸리 먹었게.”

막걸리라는 소리가 어멈의 성미를 겨웠다.

“막걸리가 무어요? 어린 자식들은 추운 방에서 배들이 고파서 덜덜 떠는데 그래도 막걸리요? 그렇게 막걸리가 좋거든 막걸리 장사 마누라나 하나 데불고 살거나 막걸리 독에 가서 거꾸로 박히구려. 그저 막걸리 막걸리 하니 언제든지 막걸리 신세를 갚고야 말 터이야, 저러다가는.”

“글쎄 그만둬요. 또 여호(여우) 모양으로 톡톡거려. 엥, 집에 들어오면 여펜네 꼴 보기 싫어서.”

하고 입맛을 쩍쩍 다신다.

진태는 옆에서 그 꼴만 보다가 불을 켜고 있었다.

"그럼 저녁을 먹어야지."

하고서 아범은 꽤 시장한 모양으로 없는 궁리를 하려 하나 아무 궁리도 없다.

"이것이나 먹구려."

하고 어멈은 진태를 주려고 국에다 만 밥을 내놓으니까,

"그게 무어야?"

하고 숟가락으로 두어 번 떠먹어 보더니,

"너 저녁 먹었니?"

하고서 진태를 돌아다본다. 진태는 말을 할래야 할 수도 없거니와 말하기도 전에 어멈이,

"안 먹었다우."

하고 진태를 책망도 하고 원망도 하는 듯이 흘겨보았다.

"왜?"

하고 아범은 숟가락을 든 채로 그대로 있다.

"누가 알우, 먹기 싫다는 것을."

"그럼 배고프겠구나."

하고서 밥그릇을 내놓으면서,

"좀 먹으련?"

하니까, 진태는,

“싫어요.”

하고서 멀리 피해 앉는다.

“왜 그러니?”

“먹을 마음이 없에요.”

삼십 분쯤 지났다. 문밖에서 어멈이,

“진태야! 진태야!”

하고 부른다.

진태는 그 부르는 어조가 너무 은밀한 듯하므로,

“네.”

대답 한 번에 바깥으로 나아갔다. 어머니는 대문간에 손에다가 무엇인지 가느다란 것을 쥐고 서 있다.

“저……”

하고 어머니는 헝겊에 싼 그것을 풀더니,

“이것 가지고 전당국에 가서 칠십 전이나 팔십 전만 달래 가지고 싸전에 가 쌀 닷 홉만 팔고, 나무 열 냥 어치만 사 가지고 오너라.”

한다. 진태는 얼른 알아채었다. 옳지, 은비녀로구나. 자기 집안에 값진 것이라고는 어머니 시집올 때 가지고 온 그 비녀 하나하고, 굵다란 은가락지뿐이다.

진태는 그것을 받아 들었다. 그리고는 전당국을 향하여 간다.

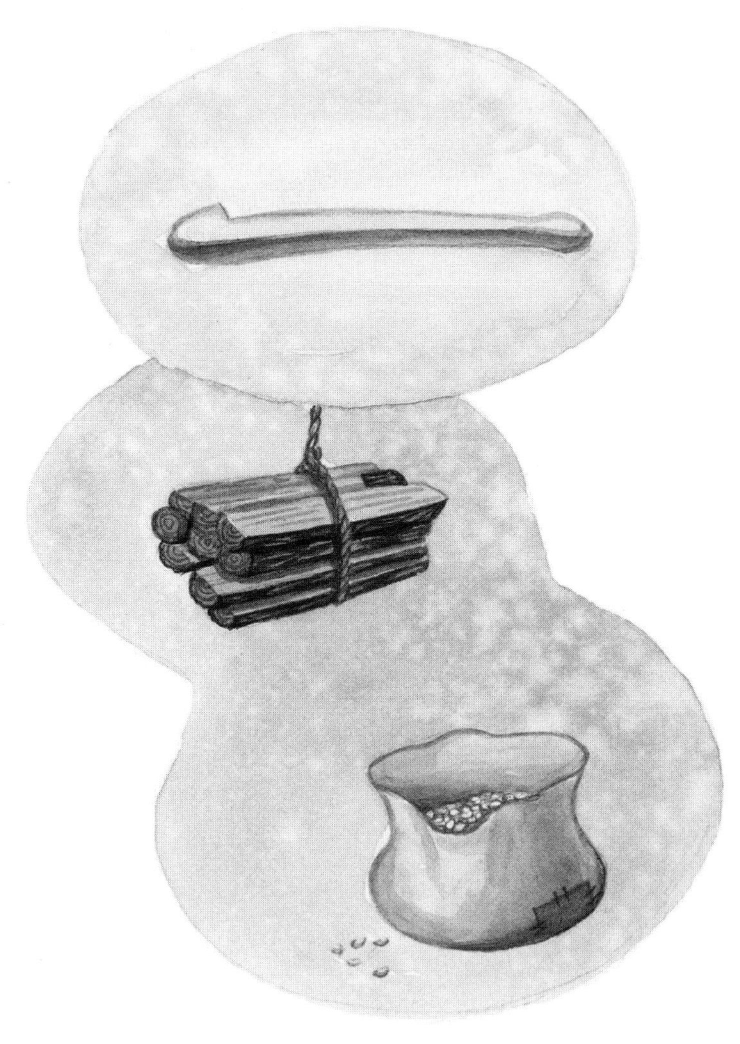

전당국이 잡화상 옆에 있는 것이 제일 가까웁고 조금 내려가면 이발소 윗집이 전당국이다. 그러나 첫째 집은 가지를 못한다. 그것은 그 전당국 주인의 아들이 자기하고 같은 학교를 다니니까 만일 들키면 창피할 것이요, 부끄러울 것이라. 그래서 그 집을 남겨 놓고 먼 저 아래 전당국으로 가리라 하였다.

그는 팔짱을 끼고 웅숭그리고서 전당국으로 들어가려 하니까 어째 누가 손가락질을 하는 것 같고 구차함을 비웃는 듯하다. 그리고 그 전당국 주인까지도 자기의 구차한 것을 호령이나 할 듯이 쉬울 것 같다.

그러나 눈 딱 감고 들어가려 하니까 문간에다가 '기중(忌中)'이라 써 붙이고 문을 닫아 버렸다.

'기중.'

사람이 죽었구나 하고서 생각하니 그 몇 분 동안에 자기 마음이 긴장되었던 것은 풀려진다.

그러면 이번에는 하는 수 없이 그 동무 아버지의 전당국으로 가야 하겠다.

한 발자국이라도 더디게 떼어 놓아 그 전당국으로 들어설 때 가슴은 거북하고 머리에는 열이 올라와서 흐리멍덩하다.

기웃이 들여다보니까 아무도 없다. 혹시 동무 학동이나 만나지 않을까 하였더니 사무 보는 어른이 한 분 앉아 있고 아무도 없어 아주 다행이다.

그는 정거장 표 파는 데처럼 철망으로 얽고 또 비둘기 창구멍처럼 뚫어 놓은 곳으로 은비녀를 디밀었다. 신문을 보던 사무 보는 어른이 한 번 흘겨보더니,

"무엇이냐?"

하고서 소리를 꽥 지른다.

"이것 잡으세요?"

하는 소리는 떨리고 가늘었다. 사무 보는 이는 아무 말 없이 그것을 받아 들더니 저울에다가 달아 본다.

진태는 속마음으로 만일 저것을 잡지 않으면 어떻게 하나? 나쁜 것이라고 퇴짜를 하면은 어떻게 하나 하고 있을 때,

"얼마나 쓰련?"

하고 돈을 묻는다. 그는 겨우 안심을 하고서 돈 말하려다가 자기가 부르는 돈보다 적게 주면 어떻게 하나 하고서 도리어 그이더러,

"얼마나 나가요?"

하고 물었다.

그는 한참 있더니,

"일 원이다."

한다. 그러면 자기 어머니가 얻어 오라는 것보다는 삼사십 전이

더하다. 그는 겨우 안심을 하고서,

"칠십 전 주세요."

하였다.

"네 이름이 무엇이냐?"

전당표에 이름이 쓰이는 것은 좋지 못하나 하는 수 없이 이름을 대었다.

사무 보는 이가 전당표를 쓰는 동안에 진태는 왔다 갔다 하였다. 그리고서 남에게는 전당 잡으러 온 체하지 않으려고 사면을 둘러보며 군소리를 하였다.

진태가 바깥을 내다볼 때, 누구인지 덜미에서,

"진태냐?"

하는 어린애 소리가 들렸다. 그는 얼른 돌아다보니까 거기에는 그 집 주인의 아들이 반가이 맞으며,

"어째 왔니?"

하며 나온다. 진태는 달아나고 싶었다. 그리고는 될 수만 있으면 돈도 그만두고 피해 가고 싶었다.

"내일 산술 숙제 했니?"

어쩌면 그렇게 다정하게 물으랴? 그러나 진태는,

"아니."

하고서 고개를 내저었다. 그의 얼굴은 진홍빛같이 붉어졌다.

"얘, 큰일 났다. 나는 조금두 할 수가 없어!"

그의 말소리는 진태의 귀에 조금도 안 들린다. 내일 숙제는 그만두고 내일 학교에 가면 반드시 여러 동무들이 흉들을 볼 터이요, 또는 놀려 대임을 당할 것이다. 그리고 그의 앞에는 커다란 수남이가 보이며 장난에 괴수요 핀잔 잘 주고 못살게 굴기 잘 하는 그 불량한 학생이 보인다.

전당표와 돈을 받아 들었다. 이제는 싸전으로 갈 차례다. 서 되나 닷 되나 한 말 쌀을 파는 것은 오히려 자랑거리지마는 닷 홉은 팔기가 참으로 부끄럽다. 구차한 것이 죄악은 아니지마는 진태에게는 죄지은 것처럼 부끄럽다. 그는 싸전에 가서 종이봉지에 쌀 닷 홉을 싸들었다. 첫째 싸전쟁이가,

"왜 전대를 가지고 오지 않았어?"

꽥 소리를 한 번 지르더니 딴사람의 쌀을 다 퍼 주고야 종이 봉지 하나가 아까운 듯이 가까스로 닷 홉 한 되를 퍼 주었다.

돈을 주고 나왔다. 쌀 든 손은 얼어서 떨어지는 듯하였다. 한 손으로 귀를 녹이고 또 한 손으로는 번갈아 가며 쌀 봉지를 들었다.

이번에는 나무가게로 갈 차례다. 나무가게로 갔다. 이십 전어 치를 묶었다. 그것을 새끼에다 질빵을 지어서 둘러메고 쌀은 여전히 옆에다 끼웠다.

행길로 고개를 숙이고 가다가는 어깨가 아프고 손, 발, 귀가 시려서 잠깐 쉬다가 저쪽을 보니까 자기 집 들어가는 골목을 조금 못 미쳐서 학교 선생님 한 분이 오신다.

진태는 얼핏 일어났다. 그리고 선생님이 골목까지 오시기 전에 먼저 그 골목으로 들어가야 하겠다 하였다. 그리고는 줄달음질하였다.

선생님은 아무것도 둘러메시었을 리가 없으므로 걸음이 속하시다. 자기는 힘에 닿지 않는 것을 둘러메었고 또 걸음이 더디다.

거진 선생님과 맞닥뜨리게 되었다. 그래서 앞도 보지 않고 골목으로 뛰어 들어가다가 거기서 나오는 사람과 마주쳤다.

"에쿠!"

하면서 손에 들었던 쌀이 모두 흩어지고 나무는 어깨에 멘 채 나가 자빠졌다.

"이 망할 집 자식, 눈깔이 없니?"

하고 들여다보는 그이는 자기 아버지다. 진태는 그래도 뒤를 돌아다보았다. 벌써 선생님은 본 체 만 체 지나가 버리시었다.

"이 망할 자식아, 쌀을 이렇게 흩트려서 어떻게 해?"

하며 아버지는 두 손으로 컴컴한 데서 그것을 쓸어서 바지 앞에다 담는다.

진태는 멍멍히 서 있다가 아버지에게 끄을려서 집으로 들어갔다.

집에 들어가니까 어머니가 얼마나 받았으며, 얼마나 썼으며, 얼마나 남았느냐고 묻는다. 진태는 그 소리를 듣고서 전당표를 주었다.

그리고는 자세한 이야기를 하였다.

그러나 어머니는 진태의 잘잘못을 따지지 않았다.

유일한 보물을 전당을 잡혀서 팔아 온 쌀까지 땅에다 모두 엎질러 버린 것을 생각하매 그대로 있을 수 없을 만치 아깝고 분하다. 그래서,

"이 망할 녀석, 먹으라는 밥을 먹지 않아서 밥이나 먹고 자라고 하쟀더니……."

하고서 주먹을 들고 덤벼들며,

"어디 좀 맞아 보아라!"

하고서 또다시 덤벼든다.

진태는 아무것도 변명하지 않았다. 그러나 하루에 두 번씩 매를 맞게 되니까, 무엇이 원망스럽고 또 무엇을 저주하고 싶었으나 그것이 무엇인지 알지 못하였다. 그래서 그는 한참 얻어맞고 혼자 울었다. 그는 위로해 주는 사람 하나 없고 쓰다듬어 주는 사람 하나 없었다.

그는 방구석에 틀어박혀서 한참 울다가 그대로 잠이 들었다.
억울한 꿈을 꾸면서…….

# 17원 50전
### - 젊은 화가 A의 눈물 한 방울

## 첫째

사랑하시는 C 선생님께 어린 심정에서 때 없이 솟아오르는 끝없는 느낌의 한마디를 올리나이다.

시간이란 시내가 흐르는 대로 우리 인생은 그 위에서 뱃놀이를 하고 있습니다. 늙은이나 젊은이나 마음 아픈 이나 행복의 송가를 높이 외는 이나 성공의 구가(謳歌)를 길게 부르짖는 사람이나, 이 시간이란 시내에서 뱃놀이하지 않는 사람이 누구입니까?

오늘 이 편지를 선생님께 올리는 이 젊은 A도 시간이란 시내에 일엽편주(一葉片舟)를 띄워 놓고 곳 모르는 포구를 향하여

둥실둥실 떠갑니다.

어떠한 이는 쾌주하는 기선을 탔으며 어떠한 이는 높다란 돛을 달고 순풍(順風)에 밀리어 갑니다. 또 어떠한 이는 밑구멍 뚫어진 나룻배를 이리 뒤뚱 저리 뒤뚱 위태하게 젓고 갑니다.

어떠한 배에서는 하품하고 기지개 켜는 소리가 들립니다. 또 어떠한 배에서는 장고를 두드리고 푸른 노래를 부르기도 합니다. 어떠한 배에서는 불그레한 정화(情話)의 소곤대는 소리가 들립니다. 어떠한 배에서는 여자의 애끓는 울음소리가 납니다. 어떠한 배 속에서는 촉루(觸蔞)가 춤을 추고 어떠한 배 속에서는 노름꾼의 코고는 소리가 납니다.

그러나 이 A가 탄 배에서는 무슨 소리가 들리는 줄 아십니까? 때 없는 우울과 비분과 실망과 고통과 원망이 뭉텅이가 되고 덩어리가 되어 듣는 이의 귓구멍을 틀어막을 듯이 다만 떵하는 머리 아픔이 있을 뿐이외다.

나와 같이 배를 띄워 같은 자리를 지나가는 배가 몇 백 몇 천이 있습니다. 그들은 다만 서로 바라보며 기막혀 웃을 뿐이외다. 그리고 서로 눈물지을 뿐이외다.

선생님, 이 배가 가기는 갑니다. 한 시간에 오 리를 가거나 단 일 리를 가거나 가기는 갑니다. 그러나 그 배가 뒷걸음질 칠 리는 없을 터이지요. 가기만 하는 배는 우리를 실어다 무엇을 할까요? 흐르는 시간은 말이 없고 뜻이 없으매 다만 일정한 규칙대로 가기는 가겠으나 뜻 없고 말 없는 시간이란 시내 위에 이 A는 무슨 파문을 그리어 놓아야 할까요.

새벽 서리 찬바람에 치르럭 찰싹 뛰어노는 어여쁜 물결입니까? 아침저녁 멀리 밀려왔다 밀려가는 밀물의 스르렁거리는 물결입니까? 초생달 갸두뜨름하게 비추인 푸르렀다 희었다 하는 깜찍한 파문입니까?

어떻든 저는 무슨 파문이든지 그 시간이란 파문 위에 그리어 놓아야 할 것이외다. 하다 못하여 시커먼 물결 위에 푸 하게 일어나는 거품일지라도 남거 놓고야 말 것이외다.

선생님!

그러나 그 파문을 그리려 하나 그릴 수가 없습니다. 하늘의 바람은 너무 강하고 몰려오는 물결은 너무 힘이 있습니다.

인습이란 물결이 아직은 편주를 몰아 낼 때와 육박하는 환경의 모든 시커먼 물결이 가려 하는 이 A라는 조그마한 배를 집어 삼키려 할 때 닻을 감으랴 노를 저으랴 가려고는 합니다마는 방향을 정하려 하나 팔에 힘에 약하고 가려 하나 나를 이끌어 나아가게 하는 힘 있는 발동기를 갖지 못하였습니다.

그러나 그뿐입니까? 어떤 때에는 폭우가 내려붓고 어떠한 때에는 광풍이 몰려와 간신히 뒤뚱거리는 이 작은 배를 사정없이 푸른 물결 속에 집어넣으려 합니다.

아아, 선생님! 그러나 그뿐이 아니외다. 어떠한 때는 어두운 밤이 됩니다. 울멍줄멍하는 노한 파도가 다만 시커먼 암흑 속에서 이리 뛰고 저리 뜁니다. 하늘에는 희망의 별 하나 보이지 않습니다. 저쪽 어귀에 희미하게 비추이는 깨알 같은 등대의 깜빡거리는 불도 꺼질 때가 있습니다.

그러나 저는 가렵니다. 약하고 힘없는 두 팔다리로 저 보이지 않는 포구를 향하여 형형색색의 파문을 그리면서 가기는 가렵니다. 오늘에 그리어 놓은 파문의 한 폭이 내일에 그릴 파문을 낳고 내일에 그리어 놓은 파문의 한 폭이 모레의 그것을 낳아 저쪽 포구에 이를 때에는 대양으로 가는 힘 있는 여울 물결 위에 거룩하고 꽃다운 성공의 파문을 그리려 합니다.

아아, 그때에는 암흑에 날뛰는 미친 파도나 때 없는 폭풍우나 밀려오는 인습의 물결이나 모든 환경의 그 모진 파도가 그 거룩하고 꽃다운 파문 하나는 지워 버리지 못할 것이며 삼키어 버리지 못할 것이지요. 이 작은 일엽편주는 그때가 되어 부딪쳐 깨어지거나 물결에 씻기어 사라지거나 저는 다만 죽어 가는 목구멍 속으로라도 넘치는 환희와 복받치는 기쁨으로 영생의 노래를 부를 것이외다.

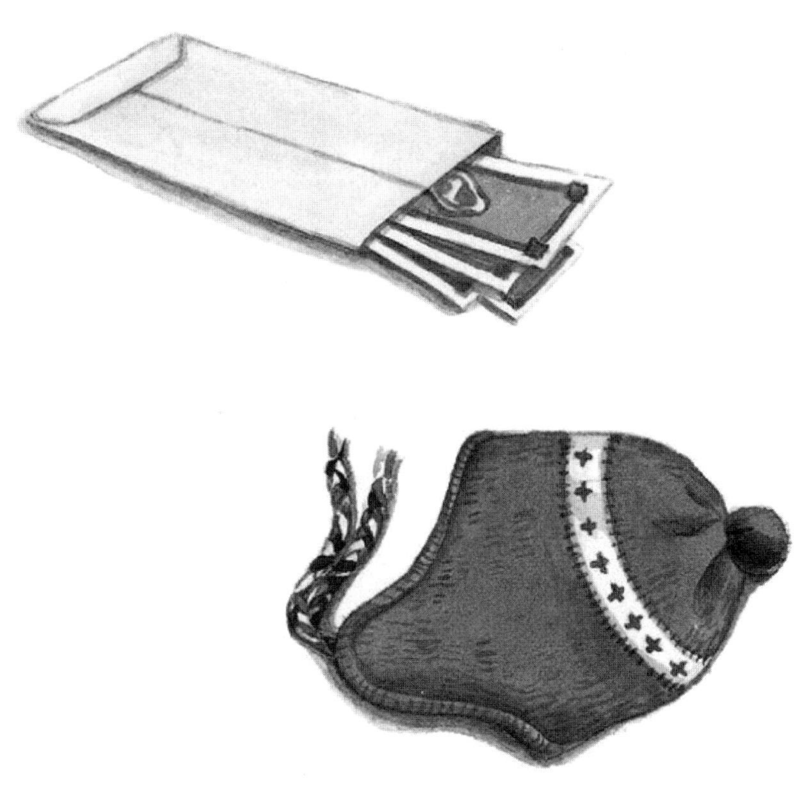

둘째

　오늘은 웬일인지 일기가 전에 보지 못하게 음침합니다. 답답한 심사와 침울한 감정을 양기 있고 청징하게 하려 애를 썼으나 그것은 실패하였습니다.

　아침에 밥을 먹은 저는 열두 시가 되도록 습기 찬 방바닥에 누워 있었습니다. 오고 가는 공상이 어떠한 때는 저를 웃기더니 어떠한 때는 울리더이다.

　저의 젊은 아내는 오색 종이로 바른 반짇그릇을 옆에 놓고 별 같은 두 눈을 깜빡거리며 저의 입고 나아갈 두루마기 끈을 달고 있었나이다. 저는 저의 아내를 볼 때마다 불쌍한 생각이 납니다. 나이 젊은 아내의 고생살이를 생각할 때마다 저의 심정은 웬일인지 쓰럽니다. 제 옆에 앉아 있는 그 젊은 아내가 과연 저의 이상을 채우는 아내는 아니외다. 사랑과 사랑이 결합하여 된 부부가 아니외다. 지각 있는 애인의 조화 있는 사랑은 아니외다. 그는 무엇을 믿고서 나의 아내가 되었으며 무슨 각성을 가지고 나를 사랑하는지 알 수가 없습니다. 애인과 애인이 서로 만나는 것이 가장 큰 대담한 일이라 하면 애인도 아니요, 애인도 아닌 이 두 사람의 서로 결합된 것도 위태하게도 대담한 것이외다.

위태한 짓을 똑같이 한 이 A도 불쌍한 용자이지마는 그것을 지금까지 알지 못하는 저의 젊은 아내도 어리석은 용자이외다. 우리 두 사람이 과연 원만하게 사랑의 가락을 두 몸에 얽어 놓았습니까? 강대한 세력을 두 사람의 붉은 피 속에 부어 주는 것이 무엇입니까?

그러나 어린 자식은 절더러 '아빠, 아빠' 합니다. 그리고 저의 아내더러는 '엄마, 엄마' 합니다. '엄마, 엄마'라 부르는 그 소리를 들을 때마다 알지도 못하게 저의 마음은 깨끗하여지며 어느 틈엔지 따가운 귀여움이 저의 가슴을 채웁니다. 어린애가 웃으면 저도 웃습니다. 그러면 저의 아내도 웃습니다. 저의 아내의 웃는 눈은 반드시 나의 얼굴을 바라봅니다.

철없는 아이가 재롱부려 웃을 때는 저의 웃음과 저의 아내의 웃음소리는 보이지 않는 공중에서 서로 얼크러져 입을 맞춥니다. 그때에는 모든 불평 모든 고통이 그 방 안에서 내쫓기어 버립니다.

오늘도 남향한 창에는 햇빛이 따뜻하게 드는데 철없는 어린 자식은 방 한 귀퉁이에서 자막대기를 가지고 몽클몽클한 두 다리를 쭉 뻗고서 무엇이 그리 재미있는지 콧소리를 쌔근쌔근하며 장난을 하고 있을 때 답답한 감정이 공연히 저의 상을 흐리게 하였으나 근지러운 살과 부드러운 입김을 가진 저의 아내가 고요한 침묵을 가는 바늘로써 바느질할 제 웬일인지 눈을 감은 저의 전신의 모든 관능은 힘을 잃은 것같이 노곤하여졌나이다.

잠들지 않은 나의 정신은 혼몽한 가운데 젖어 있을 때 나의 아내는 무엇을 생각하였는지

"여보서요, 날이 점점 추워 오는데 월급 되거든 어린애 모자 하나 사 오세요."

하였습니다.

이 말을 듣는 저는 듣고도 못 들은 체하였습니다. 그리고 속마음으로는,

'화구도 살 것이 있고 책도 좀 사야 할 터인데 어린애 모자는 천천히 사지.'

하며 아내의 말에 공연한 싫증이 났습니다.

그 싫증은 결코 아내의 말이 부당한 말이나 어린아이의 모자를 사다 주는 것이 아까워 그리 한 것이 아니라 경제의 압박을 당하여 오는 저는 돈이란 소리를 들을 때마다 쌓아 오고 쌓아 오는 불평이 공연히 좋던 감정도 얼크러뜨려 버립니다.

저의 아내는 여러 번 그런 일을 말하면서도 저의 대답하지 않는 것이 무안한 듯이 한참이나 아무 소리가 없다가,

"왜 남의 말에 대답이 없소?"

하였습니다.

나는 여전히 말대답이 없이 드러누워 있었습니다.

아내는 또다시,

"어린애 모자 하나 사다 주기가 무엇이 그리 어려워서."

하더니, 아무 소리도 없이 다 꿰맨 두루마기를 툭툭 털어 저의 누워 있는 다리 위에 툭 던졌습니다.

자막대를 가지고 장난하던 어린애는 모자 소리를 듣더니,

"때때모자? 응 엄마."

하고 벙긋벙긋 웃으면서 저의 아내를 쳐다보며 달려듭니다.

이것을 본 저의 아내는 토라졌던 얼굴을 다시 고쳤던지,

"글쎄 이것 좀 보시우. 모자 모자 하는구려."

하며 아무 말 없이 두 눈 위에 팔을 얹고 누워 있는 저의 가슴을 가만히 연하고 부드럽게 흔들었습니다. 저의 아내의 매끈매끈한 손가락이 저의 옷 위에서 꼼지락거릴 때에 저의 피부 밑으로 지나가는 신경은 무엇에 취한 듯한 감각을 저의 핏결 속에 전하는 듯하였습니다.

저는 다만,

"왜 이리 구찮은……."

하고 팔꿈치로 아내의 손을 툭 치며 다시 돌아누웠습니다. 제가 본래 신경질임을 아는 아내는 조금도 노여워하는 기색이 없이 다만 생글 웃으면서 가장 노한 듯이,

"고만두구려. 어서 옷이나 입고 나아가요. 대낮에 드러누워 있는 것이 갑갑해 못 견디겠구려."

하는 목소리는 웬일인지 마음 강한 저의 거짓 노여워함을 오래 가게는 못하였습니다. 저는 다만 벌떡 일어나며 아내의 얼굴을 한 번 처다보고,

"에이! 그 등쌀에 가만히 누워 있을 수가 있어야지. 두루마기 어쨌소?"

하며 웃음을 참지 못하고 빙그레 웃었습니다.

저의 아내도 웃음이 떠도는 얼굴에 거짓 노여움을 섞으면서,

"그것 아니고 무엇이오."

하며 방바닥에 놓여 있는 저의 두루마기를 가리켰습니다. 저는 다만 무안한 가운데도 우스운 생각이 나서 아무 말 없이 두루마기를 입고,

"지금 몇 시나 되었을꼬?"

하며 혼잣말을 하고는 모자를 집어 썼습니다

저는 바깥으로 나왔습니다. 젊은 아내와 정에 겨운 싸움을 하고 나온 저의 마음은 바깥에 나와 비로소 그 시간에 일어난 역사가 그립고 애착하는 생각이 났습니다. 새로운 공기와 푸른 하늘이 거의 공연히 센티멘털한 심정을 녹이며 부드럽게 하여 줄 때 웬일인지 반웃음과 반노여움을 섞은 저의 젊은 아내의 얼굴

과 그 표정이 말할 수 없이 저의 마음을 매취(魅醉)케 하는 듯하였습니다.

저는 저의 친구를 찾아 MW사로 향하여 오면서 생각하는 것은 저의 아내뿐이었으며 그 아내가 청하던 어린 자식의 새 모자였습니다. 저는 월급을 타거든 모자를 사다 주리라 하였습니다. 그래서 어린아이의 마음을 기쁘게 할 뿐만 아니라 아이의 어머니 된 젊은 아내의 마음을 즐겁게 하여 주리라 하였습니다.


### 셋째


MW사에 왔습니다. DH, WC는 서로 바라보며 무슨 걱정인지 하고 있었습니다. 웬일인지 그 넓지 못한 방 안에서는 검푸른 근심의 그늘이 오락가락하였습니다. 저는,

"웬일들이야? 무슨 걱정들 있었나?"

하였습니다. 얼굴 검은 DH는,

"그렇지 않아도 자네를 기다리었네. 그런 게 아니라 NC의 아내가 앓는다는 기별이 왔는데 본래 구차한 그 사람이 어떻게나 근심을 하겠나. 그래서 오늘 NC의 집까지 가 볼까 하고 자네를 기다리던 터인데."

“무엇야? NC의 아내가?”

“그래.”

“그것 안되었네그려. 그러면 언제 가려나? 차비들은 준비되었나?”

“그것은 내가 준비하였어.”

“그러면 가 보세그려.”

저는 다만 친구의 불쌍한 처지에 동정하는 마음을 견디지 못하였습니다. NC의 집은 시골입니다. 더구나 한적한 촌입니다. 그는 지금 자기의 손으로 농사를 짓습니다. 아침에 괭이 메고 논으로 갑니다. 저녁이면 시름없이 자기 집으로 돌아옵니다. 돌아온 그는 깜빡깜빡하는 유경 밑에서 깨알 같은 책을 봅니다. 그리고 시를 씁니다.

그의 시는 선생님도 보신 바가 있겠지요마는 참으로 완벽을 이룬 것이 적지 않습니다. 저는 NC의 한적한 생활을 부러워합니다. 조금도 불평이 없이 조금도 변함이 없는 그의 굳은 신앙 아래 살아가는 것을 저는 부러워합니다. 저는 그의 눈물을 못 보았습니다.

그의 한숨이 저의 귀를 서늘하게 하지 못하였습니다.

사랑하는 선생님. 사람의 눈물이 있다고 하면 이러한 경우에 울지 않는 사람은 없을 것이지요? 만일 참으로 그 눈물이 눈물이라고 하면 이와 같은 눈물이 참눈물이겠지요.

오늘 저녁이외다.

저희 세 사람은 NC가 사는 시골에 왔습니다. 정거장에서 십 리를 걸어 들어올 제 저희 세 사람은 참으로 공통된 의식, 공통된 감정을 머릿속과 가슴속에 품고 있었습니다.

멀리 보이는 작은 별들은 옛날의 동방박사들을 베들레헴으로 인도한 듯이 우리를 보고서 재롱부리어 깜빡거립니다. 다닥다닥한 좀생이는 간지러운 듯이 옹기종기합니다. 밤은 어둡고 길은 험하오나 저희를 이끌어 가는 그 무슨 세력의 선이 끝나는 저편에는 우정이라는 낙원이 있습니다. 동지라는 그리운 '에덴'이 있습니다.

말이 없고 소리가 없이 걸어가는 우리 세 사람은 다만 쓸쓸하고 적막하고 심심하고 무미담담한 NC의 집을 찾아가면서도 우리의 끓는 피와 타는 정열은 그 찾아가는 한적한 농촌을 싸고도는 가만한 공기를 꽃답고 찬란하게 그리어 놓으려 하였습니다.

그러나 NC의 집에 다다랐을 때가 되었습니다. 초가집 가장

자리를 싸고도는 암흑 속에서 이리 갔다 저리 갔다, 혼자 왔다 갔다 하는 사람이 있었습니다. 우리는 그를 NC로 알았습니다. 우리는 다만,

"NC!"

하고 반가운 두 손을 내밀었습니다.

이것을 본 NC는 다만 아무 소리 없이 파리한 두 손을 내밀며,

"야, 어떻게들 이렇게 내려왔나?"

하며 힘없는 말소리에 처량한 기운이 도는 목소리로 대답을 하였습니다.

우리 세 사람의 마음속에는 NC의 말소리를 들은 때에 그 무슨 애매한 의식을 깨달았습니다. 인생의 애가, 마음 아프고 가슴 저린 그 무슨 노래를 듣는 듯이 NC의 목소리에서는 푸른 기운이 돌았습니다.

NC는 아무 말이 없이 다만 번갈아 가며 우리 세 사람의 손을 단단히 쥐었습니다.

그리고는,

"나의 아내는 삼십 분 전에 영원한 해결의 나라로 갔네."

하였습니다.

NC의 눈에서는 여태까지 보지 못하던 눈물이 흘렀습니다. NC의 가슴은 에이고 붉은 피는 식고 애탄의 결정인 뜨거운 눈

물은 다만 차디찬 옷깃을 적시고 시름없이 식어 버리더이다.

그 누가 말한 바와 같이 하늘에는 별이 있습니다. 땅에는 꽃이 있습니다. 바다에는 진주가 있습니다. 우리 사람에게는 뜨겁게 반짝이는 눈물이 있습니다. 누가 이것을 보고 울지 않는 이가 있고 누가 이 꼴을 보고 눈물 흘리지 않는 이가 있을까요? 우리 세 사람은 한참이나 선 채로 울었습니다. 친한 친구, 사랑하는 동지자의 사랑하는 아내의 죽어 가는 것을 보았을 때 새삼스럽게 우리 인생의 모든 비애가 심약한 우리들을 울리었습니다.


## 다섯째


오래 뵈옵지를 못하였습니다. 일주일 동안이나 NC의 집에 있었습니다. NC의 아내의 장례는 저희가 시골에 간 지 이틀 뒤였습니다. 초가을은 으스스하였습니다. 나뭇잎은 시체를 담은 상여 위에서 시들어 가는 듯이 춤을 추었습니다. 상여꾼들의 목 늘여 부르는 구슬픈 비가는 길고 느리게 공동묘지로 향하는 산 고개를 넘어가더이다.

아! NC의 아내는 영원히 갔습니다. 동리를 거치고 산모퉁이를 지나서 영원히 갔습니다. 그러나 NC의 머릿속에서 끝없이 울고 있을 그의 환영은 길고 긴 세월을 두고 우리 NC를 얼마나 울릴까요?

회고(回顧)의 기억 속에서 시들스럽게 춤추는 그의 그림자는 몇 번이나 NC의 두 눈을 감개무량하게 하겠습니까? 새벽 서리 차디찬 밤, 초생달 갸웃스름한 저녁에 애타는 옛 기억, 마음 아픈 옛 생각은 어느 곳 어느 자리에서 NC를 울릴까요?

제가 NC의 아내의 장례에 참석하였을 때에는 저도 또한 죽음과 생의 경계선에 서 있는 듯하였습니다. 죽음과 삶이라는 것이 무엇이 다른 것인가요? 살아 있다 함은 육체에 혈액이 돌고 모든 것을 의식하고 모든 것을 감각한다 함입니까? 죽음이라 하는 것은 모든 관능이 육체의 썩어짐과 함께 그 활동을 잃어버린다 함입니까? 저는 무한한 비애를 아니 느낄 수가 없습니다.

**여섯째**

어저께 시골서 올라왔습니다. 오늘은 웬일인지 일기가 청명하더이다. 가늘고 달콤한 공기가 저의 콧속을 통하여 쉴 새 없이 벌룩거리는 폐 속으로 지나 들어갈 때 어저께까지 시든 듯한 저의 혈액은 다시 정해진 듯하더이다.

'낙망(落望)'이라는 그림을 그리면서 낙망을 염려하는 저는 쉬지 않고 꽃다운 희망을 저의 가슴을 채웠었습니다. 그윽한 법열(法悅) 속에서 브러시와 팔레트를 움직일 때 저는 살았었으며 생의 진실을 맛보았습니다. 다만 제가 팔레트 판을 들고 캔버스를 격(隔)하여 앉았을 때가 저의 참생이었습니다. '낙망'이라는 모토를 가진 그림을 그리면서도 무한한 장래와 끝없는 유열이 있었습니다. 애인의 손을 잡고 그의 귀밑에 눈물을 떨어뜨리며 자기의 흉중(胸中)을 하소연할 때와 같이 정결하고 달콤한 맛이 저의 전신을 물들였습니다.

오늘은 웬일인지 정신이 청징하였습니다. 일주일 가까이 자극이 적은 향토에서 논 까닭인지는 알 수 없으나 어떻든 한아한 정신으로 노곤한 안일 속에 오늘 하루를 지내었습니다.

그러나 안일에도 권태가 있고 법열도 깨일 때가 없지 않았습니다. 육체의 권태는 정신까지 권태하게 하더이다. 또다시 법열까지 끼뜨려 버리더이다.

저는 기지개 한 번 하고 팔레트 판을 내던졌습니다. 그리고 캔버스를 집어치우고 외투를 입고 모자를 쓰고 시계를 보았습니다. 그 시계는 두 시를 가리키고 있었습니다. 저는 두 시간의 여가가 있음을 알았습니다. 그래서 그 권태를 녹이기 위하여 SO의 집으로 가려 하였습니다.

SO는 불쌍한 여성이외다. 한 다리가 없는 불구자이외다. 나이는 이십 세이외다. 그는 한쪽 없는 다리를 끌면서 추우나 더우나 학교에를 십여 년이나 다녔습니다. 제가 중학교 사 년급 다닐 때에 아침이면 같은 길모퉁이에서 만나는 것이 연(緣)이 되어 그와 사귀게 되어 지금까지 삼 년 동안을 지내 왔습니다.

그에게는 나이 늙은 어머니 한 분밖에는 없습니다. 아침이나 저녁에 학교에 가고 학교에서 오는 것을 바라보고 기다렸다 합니다. 학교에서 무슨 일이 있어 늦게 돌아오게 되면 그의 늙은 어머니는 반드시 학교 문 앞까지 와서 자기의 딸을 기다리고 있었다고 합니다.

아아, 선생님, 불구자의 모녀의 생활은 참으로 눈으로 볼 수 없고 생각할 수 없게 불쌍하고 참담합니다. 그의 물질적 생활은 이 세상에서 제일 비참합니다. 그는 남의 집 곁방에서 바느질품으로 그날그날의 생활을 계속하고 있습니다.

오늘도 그 불쌍한 불구자를 찾아왔습니다. 문을 들어서며 기침을 두어 번 하였습니다. 그러나 웬일인지 그 전에는 반드시 반가워 맞아 주던 그 불구자의 여성, 오늘은 그의 그림자를 볼 수가 없었습니다.

문간에 들어선 저의 마음은 저녁때쯤 산골짜기를 헤매는 듯이 휘휘하였습니다. 가련한 불구의 여성이 나를 맞아 주지 않는 것이 저의 마음을 울게 하였습니다.

　저는 또다시 기침을 하고 구멍이 뚫어지고 문풍지가 펄럭펄럭하는 방문을 열려 하였습니다. 그러나 그 문을 열지 못하였습니다. 숭숭 뚫어진 문틈으로 새어 나오는 불구인 여성의 모녀의 울음소리는 저의 감정을 연민의 정으로 물들였습니다. 저는 다만 망연하게 아무 말 없이 서 있었습니다. 말없이 서 있는 저의 주위는 날연한 공기가 불구자의 어머니와 불구인 여성의 울음소리를 싣고서 시들어지는 듯이 선무(旋舞)를 추었습니다.

　조금 있다가 문이 열리더니 나오는 사람은 그의 늙은 어머니였습니다.

　그는 치맛자락으로 눈물을 씻으면서 저를 바라보더니,

　"오셨습니까? 어서 방으로 들어가시지요."

하며 돌아서서 코를 풀었습니다.

　저는 무엇이라 물어볼 말도 없거니와 또다시 말할 것도 없어다만,

　"네, SO는 있나요?"

하며 방 안을 들여다보았습니다.

　SO의 어머니는,

　"네, 있어요."

하고 저의 말에 대답을 하더니 다시 방 안을 들여다보며,

“얘, 선생님 오셨다.”

하였습니다.

방 안에는 SO가 돌아앉아 여태껏 울고 있는지 차마 고개를 돌리지 못하고 다만 치마끈으로 눈물만 씻고 있었습니다. 그러나 제가 온 것을 보고서는 그대로 고개를 숙이고 몸을 틀어 돌아앉으면서,

“어서 오십시오.”

하고 발갛게 피가 오른 두 눈으로 저를 쳐다보더니 다시 눈을 방바닥으로 향하였습니다.

저는 들어가기를 주저하였습니다. 그렇다고 그대로 돌아갈 수는 없었습니다. 저는 구두를 끄르고 그 방 안으로 들어갔습니다. 방 안으로 들어가려 할 때 마루 끝에 놓여 있는 SO의 다리를 대신하여 주는 나무때기가 저의 발에 채여 덜컥하였습니다. 저는 그때 근지럽고 누가 옆에서 ‘에비’ 하고 징그러운 것을 저의 목에다 던져 주는 듯이 진저리를 치는 듯이 방 안으로 뛰어들어갔습니다.

SO는,

“오늘은 시간이 없으세요?”

하며 다른 때와 다르게 유심히 저를 쳐다보았습니다.

저는,

"이따가 네 시에나 시간이 있으니까요. 잠깐 다녀가려고 왔어요."

하고 자리를 정하고 앉았습니다.

"댁에 무슨 좋지 못한 일이 생겼습니까?"

하고 저는 그의 운 이유를 알아보려 하였으나 그는 다만,

"아녜요."

하고 부끄러움을 띠며 아무 말이 없었습니다.

저도 또다시 무엇이라 물어볼 수가 없어서 다만 사면만 돌아다보며 아무 소리가 없었습니다.

SO는 한참이나 가만히 있었습니다. 그러다가 빈쯤 떨리는 목소리로,

"선생님."

하고 저를 부르더니 또다시 아무 말이 없이 한참이나 꼼지락꼼지락하는 손가락만 바라보다가 저의,

"네."

하는 대답을 재촉하는 듯이 또다시,

"선생님."

하였습니다.

저는,

"네."

하고 그의 구부린 머리의 까만 털만 바라보았습니다.

"저는 병신입니다."

하더니 여태까지 참았던 눈물이 또다시 떨어져 방바닥으로 시름없이 굴렀습니다.

이 소리를 듣는 저도 같이 울고 싶었습니다.

"저는 병신인데요."

하고 힘 있는 어조로 또다시 한 말을 거푸 하더니 그대로 방바닥에 엎드려져 울면서 목멘 소리로,

"병신인 저도 피가 있고 감정이 있습니다. 뜨거운 눈물과 새빨간 정열이 있습니다. 그리하나 불쌍한 저는 그 눈물을 가지고 혼자 우나 그 눈물을 알아주는 사람이 없으며 그 정열을 혼자 태웠으나 그것을 받아 주는 이가 없어요. 불쌍한 사람은 세상에서 더욱 불쌍한 구덩이에 틀어박으려 할 뿐이에요."

하고 느껴 가며 울었습니다.

"저를 A 씨는 불쌍히 여겨 주십니까? 만약 참으로 불쌍히 여겨 주신다면 이 저의 마음까지 알아주세요."

하고 애소하듯이 저의 무릎에 엎드려 울었습니다.

선생님, 누가 이 말을 듣고 울지 않는 자가 있으며 누가 불쌍히 여기지 않는 자가 있을까요? 저는 다만 SO를 끼어안고 한참이나 울었습니다.

“SO 씨, 울지 마세요. 나는 당신을 불쌍히 여깁니다. 참으로 동정합니다.”

“그러면 한 다리 없는 불구자인 저를 길이길이 사랑하여 주시겠어요?”

이 말을 들은 저는 다만,

“네?”

하고 아무 말이 없었습니다.

저는 그 말에 대답을 하지 못하였습니다. 저의 눈앞에 나타나 보이는 것은 저의 나이 젊은 아내였습니다. 자막대기 가지고 놀고 있던 어린아이였습니다.

SO는,

“네 A 씨, 대답을 하여 주세요.”

하고 저를 애소하는 두 눈에 방울방울 눈물을 고이고서 쳐다보았습니다.

아! 선생님. 이 SO를 저는 참으로 불쌍히 여깁니다. 참으로 동정합니다. 그가 눈물을 흘릴 때에 나도 눈물을 흘립니다. 그가 속 태울 때에는 나도 속을 태우려 합니다. 하늘 아래 지구 한 점 위에서 꼼지락거리는 이 병신인 SO를 저는 힘껏 붙잡고 울더라도 시원치가 못할 것입니다. 그러나 선생님, 그 불쌍히 여기는 마음이 생기는 그 찰나 사이에 벌써 사랑이라는 것이 간

것이 아닐까요. 그의 손을 잡고 따라서 같이 우는 것이 사랑이 아니었을까요?

그러나 이 불구의 여성을 사랑할 수는 없었습니다. 불구의 여성은 저를 사랑하려 합니다마는 저는 여성의 사랑을 얻고서 도리어 가슴이 아팠습니다. 진정한 사랑을 받으면서 그것을 물리치지 않을 수가 없었습니다.

저는 불구인 여성의 뜨거운 사랑을 받기에는 너무 불행한 사람이외다.

선생님, 육체의 불구자는 불구를 동정한 저로 말미암아 사랑의 불구자가 될 줄이야 꿈에나 알았사오리까? 사랑은 곧은 것이요, 굽은 것이 아니니 저는 벌써 그 곧은 길 위에 선 사람이외다. 저의 아내를 사랑하지 않는 바가 아니었나이다. 그러면 저는 저의 아내에게로 향하는 꼿꼿한 사랑을 일부러 꺾어 이 불구의 여성을 사랑할 수 없었습니다. 불구의 여성이므로 그를 동정하는 동시에 저의 사랑을 불구가 되게 할 수는 없었습니다. 그러나 이 불구자의 눈물은 그 눈물이 저의 무릎 위에 떨어지는 때부터, 아니올시다. 그의 사랑이 저에게로 향할 때부터 벌써 그의 가슴에 어리어 있는 사랑을 불구자 되게 하였습니다.

그의 한 다리가 없는 것과 같이 그의 사랑은 한쪽 없는 사랑이었습니다.

"SO 씨, 울지 마세요. 저의 가슴은 SO 씨의 눈물로 인하여 녹아 버리는 듯하외다. SO 씨의 눈물방울이 저의 마음 위에 한 방울씩 두 방울씩 떨어질 때마다 그 무슨 화살로 꿰뚫은 듯이 아프고 쓰립니다."

할 뿐이었나이다.

"A 씨, 저는 다만 A 씨 한 분이 저를 참으로 사랑하여 주실 줄 알았었는데요."

하는 SO는 그 무슨 대답을 기다리는 듯 아무 말이 없었습니다.

저는 다만,

"그만 우세요. 자…… 일어나세요."

하고 가리지 못한 눈물을 씻을 뿐이었나이다.

저는 어제 날까지 많은 여성의 사랑을 받는 자를 행복자라 하였었습니다. 그러나 오늘 이 불구자의 하소연을 들을 때에 비로소 저의 가슴이 아팠었습니다. 한 개의 사랑을 두 군데로 자르려 할 때 그 아픔을 알았습니다. 그 쓰림을 알았습니다. 한 개인 사랑을 가진 한 사람이 여러 사람의 여러 사랑을 받는 것의 그 가슴 저리고 불행한 것을 알았습니다.

아! 그러나 그 불구자는 더욱더욱 불구자가 되어 갈 터이지요. 낙망과 원한의 심연에서 하늘을 우러러 그의 불행을 부르짖을 터이지요.

　그 부르짖음의 애처로운 소리는 저의 피를 얼마나 식힐까요? 그 소리는 영원토록 저의 귀밑에서 슬퍼 울 터이지요.

　선생님! 저는 참으로 사랑하는 여성의 사랑을 매정하게 물리쳐야 할 것입니까, 영원토록 받아 주어야 할 것입니까? 불쌍한 자의 울음을 들어 주어야 할 것입니까, 불구자의 애소의 눈물을 저의 가슴에 파묻히도록 안아야 할 것입니까? 저는 다만 기로에 방황하며 약한 심정을 정하지 못하고 헤매일 뿐이외다.

　"네, 알았습니다. 그러나 저는 SO 씨의 말씀에 그렇게 속히 대답할 수는 없습니다."

　"그러면 언제 대답을 하여 주시겠습니까?"

　"네, 그것은 천천히 해 드리지요."

하는 묻고 대답하는 말이 우리 두 사람 가운데에는 교환되었습니다.

　SO는 의심하는 듯이,

　"그러면 저를 절대로 사랑하여 주시지는 않는다는 말씀이지요. A 씨의 가슴에는 저를 위하여서는 절대의 사랑이 없으시다는 말씀이지요?"

하며 원망하듯이 저를 쳐다보았습니다.

　저는 무엇이라 대답할는지 몰랐습니다. 참으로 저에게 절대의 사랑이 그때 있었습니까? 참으로 없었습니다.

절대의 동정과 연민은 있었을는지는 알 수 없어도 절대의 사랑은 없었습니다. 타산이 있었으며 주저가 많았었습니다. 어떠한 때에는 불구자라는 근지러운 대명사가 저를 진저리치게까지 하였습니다.

아무 대답도 없는 저를 보던 SO는,

"저는 알았습니다. 저는 영원토록 불구자이외다. 한 귀퉁이가 이지러진 사랑의 소유자이외다. 그뿐 아니라 저는……."

하더니 단념과 원망이 엉킨 두 눈에는 어리석은 눈물이 어느 틈에 말라 버리고 냉소와 저주가 맺힌 듯할 뿐이었습니다. 이 소리를 듣는 저는 어쩐지 마음이 으스스 차고 몸이 달달 떨리는 듯하여 그의 눈물을 다시 보고 싶었습니다. 그리고는 그의 단념과 원망과 냉소와 저주의 맺힌 듯한 표정을 볼 때 저는 또다시 그의 마음을 풀어뜨리어 힘없고 연하게 울리고 싶었습니다.

저는,

"SO 씨!"

하고 그의 손을 잡으며,

"저는 영원토록 SO 씨를 잊지는 못하겠습니다."

라고 하였습니다.

그는,

"네, 저를 잊지는 말아 주세요. 저도 눈을 감을 때까지는 A 씨를 잊지는 못하겠지요."
라고 할 뿐이었습니다.


## 일곱째


SO의 집에서 나온 저는 학교를 향하여 갔었습니다. 아까까지 청징하던 심신은 웬일인지 불구인 여성의 집을 다녀온 후부터는 흐릿하고 몽롱할 뿐만 아니라 침울하고 센티멘털로 변하였습니다.

저는 학교에 갑니다. 한 시간의 도화(圖畵)를 가르치기 위함보다도 그 보수를 바라고 갑니다. 세상의 제일 불행한 범죄가 있다 하면 아마 이와 같은 자이겠지요. 뜻하지 않고 내 마음에 있지 않은 짓을 한 뭉치의 밥 덩어리와 김치 몇 쪽을 충복할 식물을 위하여 알면서 행한다 하면 죄인 줄 알면서 타인의 물건을 도적한 기한(飢寒)에 쪼들린 자와 얼마나 나을 것이 있었겠습니까? 남의 물건을 도적한 자의 양심이 떨린다 하면 그만큼 비례한 저의 양심도 떨리었을 것이며 박두하는 기한에 못 이기어 다른 사람의 물건을 도적한 사람의 생을 갈구한 것을 동정할 것이라면 생명을 이어 얻기 위하여 자기의 양심을 속이는 이 A라는 화가도 또한 동정을 구할 수가 있을 것일는지요?

저는 학교 정문에 들어섰습니다. 그때 마침 M 교주가 학교를 다녀가는 길인지 자동차에 오르려 할 때였습니다. 그때에 그 간사한 이 선생은 M 교주의 팔을 부축하여 자동차 속으로 몰아넣었습니다. 저는 이것을 보고 크게 웃었습니다. 옆에서 저의 웃는 것을 보는 박 선생은,

"왜 웃으시우?"

하며 눈을 흘기더니,

"그게 무슨 무례한 짓이오."

라 하더이다.

저는 또다시 한 번 껄껄 웃으면서,

"박 선생은 나의 웃는 의미를 모르시는구려."

하고는,

"인형이외다, 인형이에요. 두 팔 두 다리가 있고도 못 쓰는 인형이외다. 인형은 인형이니까 말할 것도 없지마는 인형을 부축하는 어리석은 사람을 보구서는 나는 아니 웃을 수가 없지요."

하고는 그대로 돌아서서 교실 안으로 들어갔습니다.

오늘은 그믐날이외다. 월급 타는 날이외다. 사무실에 들어선 저는 다만 보이는 것이 회계의 동정뿐이었습니다. 그리고 그 돈을 가지고 쓸 궁리를 하고 있었을 뿐이었습니다. 오늘은 어린애

모자를 하나 사다 주고 사랑하는 아내의 목도리를 하나 사다 주어야 하겠다 하였습니다.

이십오 원이라는 월급을 기다리는 저의 몸이 불쌍해 보였습니다. 그리고 공연히 심증이 났습니다.

교실에 들어가 백묵을 들고서 칠판 위에 그림을 그릴 때에는 모든 학생들까지 밉살스러울 뿐이었습니다. 그리고 그 학생들이 저의 운명을 이렇게 만들어 준 듯하기도 하였습니다. 저는 마음에 없는 한 시간을 아니 지낼 수가 없었습니다.

그날은 학생들에게 숙제를 해 오라고 한 날이었습니다. 근 사십 명 학생 중에 숙제를 해 오지 않은 학생이 다섯이 있었습니다. 그중에 그중 나이 적고 옷을 헐벗은 학생은 제가,

"왜 숙제를 안 그려 왔소?"
할 때 그는 다만 아무 말 없이 한참이나 있더니 뜨거운 눈물을 흘리면서 자꾸자꾸 울고 섰을 뿐이었습니다. 다른 애 학생은 여러 가지 평계로써 선생인 저를 속이려 하였습니다.

저는 그 눈물 흘리는 학생을 바라보고 또다시 다 뚫어진 양말을 볼 때 어쩐지 측은한 생각이 나서,

"왜 대답은 아니 하고 울기만 하시오?"
하며 그의 어깨에 팔을 대니 선생인 저의 손이 그의 어깨를 어루만지는 것이 더욱 그의 감정을 느즈러지게 하였던지 더욱더

욱 느끼어 울 뿐이었습니다.

그러다가는 복받치는 울음소리와 함께,

"집에서 돈이 없다고 도화지를 사 주지 않아요."

하였습니다.

선생님! 제가 이 학생을 벌 줄 자격이 있습니까? 없습니까?

저는 다만 창연한 두 눈으로 그 어린 학생을 바라보며,

"여보시오, 참마음만 있으면 그만이오. 나는 당신의 그림 그려 오지 않은 것을 책하려 한 것이 아니라 당신의 참성의가 없었는가 하는 것을 책하려 함이었소. 당신의 눈물 한 방울은 오늘 그려 오지 못한 그 그림보다 몇 배의 가치가 있는 것이오."

하였습니다.

하교 후 사무실로 나왔습니다. 회계는 나를 보더니 아주 은근한 듯이,

"A 선생님, 이리로 좀 오십시오."

하고 자기 곁으로 부르더니 봉투에 집어넣은 월급을 저의 손에 쥐어 주면서,

"담뱃값이나 하십시오."

하였습니다. 저는 그것을 받는 것이 어쩐지 부끄러웠습니다.

그래서,

"네, 고맙습니다."

하고 그대로 보지도 않고 주머니에 넣었습니다.

날은 점점 어두워 가느라고 회색의 저녁이 온 시가를 싸고도는데 저는 학교 문 밖에 나와서야 그 봉투를 다시 끄집어내어 그 속에 있는 돈을 꺼내어 보았습니다.

그 속에는 십칠 원 오십 전, 십칠 원 오십 전이 들어 있었습니다. 저는 멈칫하고 섰었습니다.

그리고,

'어째서 십칠 원 오십 전만 되나?'

하고 한참이나 의아하여 생각을 하고 있을 때에 문득 생각나는 것은 NC의 집에 갔었던 것이외다.

아내 잃은 친우를 찾아갔던 일주일간의 노력의 대가는 학교에서는 제하여졌습니다.

아! 선생님, 저의 손에는 십칠 원 오십 전이 있습니다. 일 개월 노력의 대가는 십칠 원 오십 전이외다. 불쌍한 젊은 화가의 양심을 부끄럽게 한 죄의 대가가 십칠 원 오십 전이외다.

저는 하는 수 없었습니다. 회색 봉투에 집어넣은 그 돈을 들고 SO의 집까지 무의식 중에 왔습니다. 하늘의 구름장 사이로는 가렸다 보였다 하는 작은 별들이 이 우스운 젊은 A를 비웃는 듯이 내다보고 있었습니다. 회색의 감정이 공연히 저의 마음을 울분하고 원망스럽게 하였습니다.

SO의 집에는 무엇 하러 왔을까요? 그것은 저도 알지 못하였습니다. 문간에 와서야 내가 무엇 하러 여기를 왔나 하고 그대로 집으로 돌아가려 하였었습니다. 그러나 저의 가슴에서 때 없이 울고 있는 그 무슨 하모니는 저의 발을 SO의 집 안으로 끌어 들였었습니다. 그러나 저는 그전과 같이 서슴지 않고 그대로 들어갈 수가 없었습니다. 조그마한 집, 조그마한 문으로 흘러나오는 무거운 공기는 급히 흐르는 시냇물같이 저의 가슴으로 몰려오는 듯하였습니다.

저는 다만 문간에 서서 도적놈같이 문 안을 엿듣고 망설였습니다.

선생님! 사랑도 아무것도 하지 않겠다고 할 적에는 서슴지 않고 아무 불안도 없이 다니던 제가 오늘은 어찌하여 죄 지은 사람 모양으로 들어가기를 주저하며 가슴이 거북하였을까요?

죄악이 아닌 사랑을 주려 하는데 저는 가슴이 떨림을 깨달았으며 잘못이 아닌 사랑을 준다는 사람의 집에 들어가기를 주저하였습니다.

저는 십 분 동안이나 서 있었습니다.

그때에 또다시 그 불구자 모녀의 울음소리가 들렸습니다. 그 울음소리는 그전보다 더 저의 마음을 훑는 듯하고 쪼개는 듯하였습니다. 그리고 모든 비애를 저의 가슴 위에 실어 놓는 듯이 무겁게 슬펐습니다. 그러나 저의 눈에는 눈물이 없었습니다. 학교에서 받은 일 개월 노력의 대가인 십칠 원 오십 전이 울분하게 하였음이 공연히 저의 눈물까지 막아 버렸습니다.

저는 한참이나 그 울음소리를 들었습니다. 그 울음에 섞이어 나오는 늙은 어머니의 떨리는 목소리로 분명치 못하게 들리는 것은,

"SO야, 이제는 그만 한길 귀신이 되었구나."

하는 살이 얼어붙는 듯한 불쌍한 소리였습니다.

저는 그제야 그 눈물을 알았습니다. 불구자의 모녀는 몸을 담을 집이 없습니다. 그는 오늘에 몇 푼 안 되는 세전(貰錢)으로 말미암아 이 집에서 내어 쫓깁니다.

창밖에서 듣고 있는 이 A의 주머니에는 십칠 원 오십 전이 있습니다. 이 A는 그래도 한길에서 방황하지는 않겠지요?

저는 그 주머니의 십칠 원 오십 전을 꺼내었습니다. 그리고 연필로 봉투에 A라 썼습니다. 저는 그 찰나 간에 절대의 동정이 저의 가슴속에서 약동하였습니다. 저의 피를 뜨겁게 힘 있게 끓게 하였습니다.

저는 문을 소리 없이 열고 그 돈을 가만히 마루 위에 놓았습니다. 그리고 절도와 같이 그 문을 떨리는 다리로 얼른 뛰어나왔습니다. 그리고 뒤도 돌아보지 않고 저의 집으로 향하여 갔습

니다.

집에서 아내가 돌아오기를 고대하겠지요. 어린 자식은 아버지 오면 때때모자를 사 준다고 몽실몽실한 손을 고개에 괴고 이 젊은 아버지 돌아오기를 바라고 있을 터이지요?

그러나 월급날인 오늘의 저의 주머니는 벌써 한 닢도 없는 털터리가 되었습니다.

저의 들어가는 대문 소리를 듣고 다른 날보다 더 반가이 맞아 주는 젊은 아내에게 그의 마음을 만족시켜 줄 아무것도 없습니다. 어린 자식의 기뻐 뛰는 마음을 도리어 풀이 죽게 할 뿐이겠지요.

그러하오나 어두움 속으로 파고 들어가듯이 암흑(暗黑)한 동리를 걸어가는 이 A의 마음은 웬일인지 만족한 기꺼움이 있었으며 싱싱한 생의 약동이 있었습니다.

저는 또다시 MW사로 왔습니다. 거기에는 DH와 WC가 웅크리고 앉아서 무슨 책을 보고 있더니 저를 보고서,

"어떻게 되었나?"

하였습니다.

그것은 저의 월급 말이었습니다.

저는 모자를 벗고 구두를 끄르면서 기가 막힌 듯이 쓸쓸히 웃으면서,

“흥, 나의 일 개월 동안의 노력의 대가는 참으로 값있게 써 버리었네.”
하였습니다.

# 물레방아

## 1

덜컹덜컹 홈통에 들었다가 다시 쏟아져 흐르는 물이 육중한 물레방아를 번쩍 쳐들었다가 쿵 하고 확 속으로 내던질 제 머슴들의 콧소리는 허연 겨 가루가 켜켜 앉은 방앗간 속에서 청승스럽게 들려 나온다.

쏼쏼쏼 구슬이 되었다가 은가루가 되고 댓줄기같이 뻗쳤다가 다시 쾅쾅 쏟아져 청룡이 되고 백룡이 되어 용솟음쳐 흐르는 물이 저쪽 산모퉁이를 십 리나 두고 돌고, 다시 이쪽 들 복판을 오 리쯤 꿰뚫은 뒤에 이방원이 사는 동네 앞 기슭을 스쳐 지나가는데 그 위에 물레방아 하나가 놓여 있다.

물레방아에서 들여다보면 동북간으로 큼직한 마을이 있으니

이 마을에 가장 부자요, 가장 세력이 있는 사람으로 이름은 신치규라고 부른다. 이방원이라는 사람은 그 집의 막실(幕室)살이를 하여 가며 그의 땅을 경작하여 자기 아내와 두 사람이 그날 그날을 지내 간다.

어떠한 가을밤 유난히 밝은 달이 고요한 이 촌을 한적하게 비칠 때 그 물레방앗간 옆에 어떤 여자 하나와 어떤 남자 하나가 서서 이야기하는 소리가 들리었다.

그 여자는 방원의 아내로 지금 나이가 스물두 살, 한참 정열에 타는 가슴으로 가장 행복스러울 나이의 젊은 여자요, 그 남자는 쉰이 반이 넘어 인생으로서 살아올 길을 다 살고서 거의 거의 쇠멸의 구렁이를 향하여 가는 늙은이다.

그의 말소리는 마치 그 여자를 달래는 것같이,

"애, 내 말이 조금도 그를 것이 없지? 쉰네 할멈에게도 자세한 말을 들었을 터이지마는 너 생각해 보아라. 네가 허락만 하면 무엇이든지 네가 하고 싶다는 것을 내가 전부 해 줄 터이란 말야. 그까짓 방원이 녀석하고 네가 몇 백 년을 살아야 언제든지 막실 구석을 면하지 못할 터이니……. 허허, 사람이란 젊어서 호강해 보지 못하면 평생 한 번 하여 보지 못하고 죽을 것이 아니냐. 내가 말하는 것이 조금도 잘못된 것이 없느니라! 대강 너의 말을 쉰네 할멈에게 듣기는 들었으나 그래도 너에게 한 번

바로 대고 듣는 것만 못해서 여기서 만나자고 한 것이다. 너의 마음은 어떠냐? 허허, 내 앞이라고 조금도 어떻게 알지 말고 이야기해 봐, 응?"

이 늙은이는 두말할 것 없이 신치규다. 그는 탐욕스러운 눈으로 방원의 계집을 들여다보며 한 손으로 등을 두드린다.

새침한 얼굴이 파르족족하고 기다란 눈썹과 검푸른 두 눈 가장자리에 예쁜 입, 뾰로통한 뺨이며 콧날이 오뚝한 데다가 후리후리한 키에 떡 벌어진 엉덩이가 아무리 보더라도 무섭게 이지적(理智的)인 동시에 또는 창부형(娼婦型)으로 생긴 것이다.

계집은 아무 말 없이 서서 짐짓 부끄러운 태를 지으며 매혹적인 웃음을 생긋 웃고는 고개를 돌렸다. 그 웃음이 얼마나 짐승 같은 신치규의 만족을 사게 되었으며, 또한 마음을 충족시켰는지 희끗희끗한 수염이 거의 계집의 뺨에 닿을 정도로 더 가까이 와서,

"응? 왜 대답이 없니? 부끄러워서 그러니? 그렇게 부끄러워할 일은 아닌데."
하고 계집의 손을 잡으며,

"손도 이렇게 예쁜 줄은 이제까지 몰랐구나. 참 분결 같다. 이렇게 얌전히 생긴 애가 방원 같은 천한 놈의 계집이 되어 일평생을 그대로 썩는다는 것은 너무 가엾고 아깝지 않느냐? 애."

계집은 몸을 돌리려고 하지도 않고 영감이 하는 대로 내버려 두며 눈으로 땅만 내려다보고 섰다가 가까스로 입을 떼는 듯하더니,

"제 말이야 모두 쉰네 할멈이 여쭈었지요. 저에게는 너무 분수에 과한 말씀이니까요."

"원, 천만에 소리를 다하는구나. 그게 무슨 소리냐. 너도 알다시피 내가 너를 장난삼아 그러는 것도 아니겠고 후사(後嗣)가 없어 그러는 것이니까 네가 내 아들이나 하나 낳아 주렴. 그러면 내 것이 모두 네 것이 되지 않겠니? 자아, 그러지 말고 오늘 허락을 하렴. 그러면 내일이라도 방원이란 놈을 내쫓고 너를 불러들일 터이니."

"어떻게 내쫓을 수가 있어요?"

"허어, 그것이 그리 어려울 것이 무엇 있니. 내가 나가라는데 제가 나가지 않고 배길 줄 아니?"

"그렇지만 너무 과하지 않을까요?"

"무엇, 저런 생각을 하니까 네가 이 모양으로 이때까지 있었지. 어떻단 말이냐? 그런 것은 조금도 염려하지 말구. 자아, 또 네 서방에게 들킬라, 어서 들어가자."

"먼저 들어가세요."

"왜?"

“남이 보면 수상히 알게요.”

“무얼 나하고 가는데 수상히 알게 무어야……. 어서 가자.”

계집은 천천히 두어 걸음을 따라가다가,

“영감!”

하고 머춤하고 서 있다.

“왜 그러니?”

계집은 다시 말이 없이 서 있다가,

“아니에요.”

하고,

“먼저 들어가세요.”

하며 돌아선다. 영감이 간이 달아서 계집의 손을 잡으며,

“가자, 집으로 들어가자.”

그의 가슴은 두근거리는지 숨소리가 잦아진다. 계집은 손을 빼려고 하며,

“점잖으신 어른이 이게 무슨 짓이에요.”

하면서도 그의 몸짓에는 모든 것을 허락한다는 뜻이 보였다. 영감은 계집의 몸을 끌어안더니 방앗간 뒤로 돌아섰다. 계집은 영감 가슴에 안겨서 정욕이 가득 찬 눈으로 그를 보면서,

“영감.”

말 한마디 하고 침 한 번 삼키었다.

"영감이 거짓말은 안 하시지요?"

"아니."

그의 말은 떨리었다. 계집은 영감의 팔을 한 손으로 잡고 또 한 손으로는 방앗간 속을 가리켰다.

"저리로 들어가세요."

영감과 계집은 방앗간에서 이삼십 분 후에 다시 나왔다.


2


사흘이 지난 뒤에 신치규는 방원이를 자기 집 사랑 마당 앞으로 불렀다.

"얘."

방원은 상전이라고 고개를 숙이고,

"네."

공손하게 대답을 하였다.

"네가 그간 내 집에서 정성스럽게 일한 것은 고마운 일이지마는……."

점잔과 주짜를 빼면서 신치규는 말을 꺼내었다. 방원의 가슴은 이 '마는'이라는 말 뒤에 이어질 말을 미리 깨달은 듯이 온 전신의 피가 가슴으로 모여드는 듯하더니 다시 터럭이라는 터럭은 전부 거꾸로 일어서는 듯하였다.

"오늘부터는 우리 집에 사정이 있어 그러니 내 집에 있지 말고 다른 곳에 좋은 곳을 찾아가 보아라."

아무 조건이 없다. 또한 이곳에서도 할 말이 없다. 죽으라고 하면 죽는 시늉이라도 해야 하는 것이다. 주인은 돈 가지고 사람을 사고 팔 수도 있는 것이다.

방원은 가슴이 답답하였다. 자기 혼자 몸 같으면 어디 가서 어떻게 빌어먹더라도 살 수 있지마는 사랑하는 아내를 구해 갈 길이 막연하다. 그는 고개를 굽히고, 허리를 굽히고, 나중에는 마음을 굽히어 사정도 하여 보고 애걸도 하여 보았다.

그러나 그것은 헛된 일이다. 주인의 마음은 쇠나 돌보다도 더 굳었다.

그는 하는 수 없이 자기 아내에게 그 이야기를 하였다. 그리고 아내더러 안주인 마님께 사정을 좀 하여 얼마간이라도 더 있게 하여 달라고 하여 보라고 하였다. 그러나 아내는 방원의 말을 들을 리가 없었다. 도리어,

"그러면 어떻게 한단 말이요. 이제부터는 나를 어떻게 먹여 살릴 터이요?"

"너는 그렇게 먹고 살 수 없을까 봐 겁이 나니?"

"겁이 나지 않고. 생각을 해 보구려. 인제는 꼼짝할 수 없이 죽지 않았소?"

"죽어?"

"그럼 임자가 나를 데리고 이곳까지 올 때에 무어라고 하였소. 어떻게 해서든지 너 하나야 먹여 살리지 못하겠느냐고 하였지요?"

"그래."

"그래, 얼마나 나를 잘 먹여 살리고 호강시켰소? 이때까지, 이태나 되도록 끌고 돌아다닌다는 것이 남의 집 행랑이었지요."

"애, 그것을 내가 모르고 하는 말이냐? 내가 하려고 하지 않아서 그렇게 된 것이냐? 차차 살아가는 동안에 무슨 일이든지 생기겠지. 설마 요대로 늙어 죽기야 하겠니?"

"듣기 싫소! 뿔 떨어지면 구워 먹지. 어느 천년에."

방원이는 가뜩이나 내쫓기고 화가 나는데 계집까지 그리하니까 속에서 열화가 치밀어 올라왔다.

"이 육시를 하고도 남을 년! 왜 남의 마음을 글컹거리니?"

"왜 사람에게 욕을 해!"

"이년아 욕 좀 하면 어떠냐?"

"왜 욕을 해!"

계집의 얼굴이 노래지며 대든다.

“이년이 발악인가?”

“누가 발악이야. 계집년 하나 건사 못하는 위인이 계집보고 욕만 하고, 한 게 무어야? 그래, 은가락지 은비녀나 한 벌 사 주어 보았어? 내가 임자 하자고 하는 대로 하지 않은 것은 없지!”

“이년아! 은가락지 은비녀가 그렇게 갖고 싶으냐? 이 더러운 년아.”

“무엇이 더러워? 너는 얼마나 정한 놈이냐!”

계집의 입속에서는 ‘놈’ 소리가 나오기 시작한다.

“이년 보게! 누구더러 놈이래.”

하고 손길이 계집의 낭자를 후려잡더니 그대로 집어 들고 주먹으로 등줄기를 후리었다.

“이 주릿대를 안길 년!”

발길이 엉덩이를 두어 번 지르니까 계집은 그대로 거꾸러졌다가 다시 일어났다. 풀어 헤뜨린 머리가 치렁치렁 끌리고 씰룩한 눈에는 독기가 섞였다.

“왜 사람을 치니? 이놈! 죽여라 죽여, 어디 죽여 보아라, 이놈 나 죽고 너 죽자!”

하고 달려드는 계집을 후려쳐서 거꾸러뜨리고서,

“이년이 죽으려고 기를 쓰나!”

방원이가 계집을 치는 것은 그것이 주먹을 가지고 하는 일종

의 농담이다. 그는 주먹이나 발길이 계집의 몸에 닿을 때 거기에 얻어맞는 계집의 살이 아픈 것보다 더 찌르르하게 가슴 한복판을 찌르는 아픔을 방원은 깨닫는 것이다. 홧김에 계집을 치는 것이 실상은 자기의 마음을 자기의 이빨로 물어뜯는 것이나 다름없는 것이다. 때리는 그에게는 몹시 애처로움이 있고 불쌍함이 있는 것이다. 그러나 자기의 화풀이를 받아 주는 사람은 아직까지도 계집밖에는 없었다. 제일 만만하다는 것보다도 가장 마음 놓고 화풀이를 할 수 있음이다. 싸움한 뒤, 하루가 못 되어 두 사람이 베개를 나란히 하고 서로 꼭 끼고 잘 때에는 그렇게 고맙고 그렇게 감격이 일어나는 위안이 또다시 없음이다.

계집을 치고 화풀이를 하고 난 뒤에 다시 가슴을 에는 듯한 후회와 더 뜨거운 포옹으로 위로를 받을 그때에는 두 사람 아니라 방원에게는 그만큼 힘 있고 뜨거운 믿음이 또다시 없는 까닭이다.

계집은 일부러 소리를 높여 꺼이꺼이 운다.

온 마을 사람이 거의 귀를 기울였으나,

"응, 또 사랑 싸움을 하는군!"

하고 도리어 그 싸움을 부러워하였다. 옆집 젊은것이 와서 싱글싱글 웃으면서 들여다보며,

"인제 고만두라구."

하며, 말리는 시늉을 한다. 동네 아이들만 마당 앞에 죽 늘어서
서 눈들이 똥그래서 구경을 한다.


3


그날 저녁에 방원이는 술이 얼근하여 돌아왔다. 아까 계집을
차던 마음은 어느덧 풀어지고 술로 흥분된 마음에 그는 계집의
품이 몹시 그리워져서 자기 아내에게 사과를 할 마음까지 생기
었다. 본시 사람이 좋고 마음이 약하고 다정한 그는 무식하게
자라난 까닭에 무지한 짓을 하기는 하나 그것은 결코 그의 성격
을 말하는 무지함이 아니다.

그는 비척거리면서 집으로 향하는 길에 거슴츠레하게 풀린
눈을 스르르 내리 감고 혼잣소리로,

"빌어먹을 놈! 나가라면 나가지 무서운가? 제 집 아니면 살
곳이 없는 줄 아는 게로군! 흥, 되지 않게 다 무엇이냐? 돈만 있
으면 제일이냐? 이놈, 네가 그러다가는 이 주먹맛을 언제든지
볼라. 그대로 곱게 뒈질 줄 아니?"

하고, 개천 하나를 건너뛴 후에,

"돈! 돈이 무엇이냐?"

한참 생각하다가,

"에후."

한숨을 쉬고 나서,

"돈이 사람을 죽이는구나! 돈! 돈! 흥, 사람 나고 돈 났지 돈 나고 사람 났니?"

또 징검다리를 비척비척하고 건넌 뒤에,

"고 배라먹을 년이 왜 고렇게 포탈을 부려서 장부의 마음을 긁어 놓아!"

그의 목소리에는 말할 수 없이 다정한 맛이 있었다. 그는 자기 계집을 생각하면 모든 불평이 스러지는 듯이, 숙였던 고개를 쳐들어 하늘을 보면서,

"허어, 저도 고생은 고생이지."

하고 다시 고개를 숙인 후,

"내가 너무했어. 너무 그럴 게 아닌데."

그는 자기 집에 와서 문고리를 붙잡고 흔들면서,

"애! 자니! 자?"

그러나 대답이 없고 캄캄하다.

"이년이 어디를 갔어!"

그는 문짝을 깨어져라 하고 닫은 후에 다시 길거리로 나와 그 옆집으로 가서,

"여보 아주머니! 우리 집 색시 어디 갔는지 보았소!"

밥들을 먹는 옆엣집 내외는,

"어디서 또 취했소그려! 애 어머니가 아까 머리단장을 하더니 저 방아께로 갑디다."

"방아께로?"

"네."

"빌어먹을 년! 방아께로는 무얼 먹으러 갔누!"

다시 혼자 방아를 향하여 가면서 혼자 중얼거린다.

그는 방앗간을 막 뒤로 돌아서자 신치규와 자기 아내가 방앗간에서 나오는 것을 보았다.

"아!"

그는 너무 뜻밖의 일이므로 아무 말도 하지 못하고 그대로 한참이나 멀거니 서서 보기만 하였다.

그의 눈에서 쌍심지가 거꾸로 섰다. 열이 올라와서 마치 주홍빛을 칠한 듯이 그의 눈은 붉어지고 번개 같은 광채가 번뜩거리었다.

그는 한참이나 사지를 떨었다. 두 이가 서로 마주쳐서 달그락달그락하여졌다. 그의 주먹은 부서질 것같이 단단히 쥐어졌다.

계집과 신치규는 방원이 와서 선 것을 보고서 처음에는 조금 간담이 서늘하여졌으나 다시 태연하게 내려앉혔다. 일이 이렇게 되었으매 할 대로 하라는 뜻이다.

방원은 달려들어서 계집의 팔목을 잡았다. 그리고 이를 악물고 부르르 떨었다.

"나는 네가 이럴 줄은 몰랐다."

계집은,

"무얼 이럴 줄 몰라?"

하며, 파란 눈으로 흘겨보더니,

"나중에는 또 별꼴을 다 보겠네. 으레 그럴 줄을 인제 알았나? 놔요! 왜 남의 팔을 잡고 요 모양이야. 오늘부터는 나를 당신이 그리 함부로 하지는 못해요! 더러운 녀석 같으니! 계집이 싫다고 그러면 국으로 물러갈 일이지 이게 무슨 사내답지 못한 일야! 놔요!"

팔을 뿌리쳤으나 분노가 전신에 가득 찬 그는 그렇게 쉽게 손을 놓지 않았다.

"애! 네가 이것이 정말이냐?"

"정말이 아니구 비싼 밥 먹고 거짓말할까?"

"네가 참으로 환장을 하였구나!"

"아니, 누구더러 환장을 했대. 원 기가 막혀 죽겠지! 놔요! 놔! 왜 추근추근하게 이 모양이야? 놔."

하고서 힘껏 뿌리치는 바람에 계집의 손이 쑥 빠지었다. 계집은 손목을 주무르면서 암상궂게 돌아섰다.

이때까지 이 꼴을 멀찍이 서서 보고 있던 신치규는 두어 발자국 나서더니 기침 한 번을 서투르게 하고서,

"애! 네가 술이 취하였으면 일찍 들어가 자든지 할 것이지 웬 짓이냐? 네 눈깔에는 아무것도 보이는 것이 없단 말이냐? 너희 연놈이 싸우는 것은 너희 연놈이 어디 가서 할 일이지 여기 누가 있는지 없는지 눈깔에 보이는 것이 없어? 엣, 괘씸한 놈!"

눈깔을 부라리었다. 방원은 한참이나 쳐다보고서 말이 없었다. 생각대로 하면 한주먹에 때려눕힐 것이지마는 그래도 그의 머릿속에는 아까까지의 상전이라는 관념이 남아 있었다. 번갯불같이 그 관념이 그의 입과 팔을 얽어 놓았다. 어려서부터 오늘날까지 남을 섬겨 보기만 한 그의 마음은 상전이라면 모두 두려워하는 성질을 깊이깊이 뿌리박아 놓았다. 그러나 오늘부터는 신치규가 자기의 상전이 아니요, 자기가 신치규의 종도 아니다. 다만 똑같은 사람으로 마주 섰을 뿐이다. 아니다, 지금부터는 신치규도 방원의 원수였다. 그의 간을 씹어 먹어도 오히려 나머지 한이 있는 원수다.

신치규는 똑바로 쳐다보는 방원을 마주 쳐다보며,

"똑바로 보면 어쩔 터이냐? 원 세상이 망하려니까 별 해괴한 일이 다 많거든. 어째 이놈아!"

"이놈아?"

방원은 한 걸음 들어섰다. 나무같이 힘센 다리가 성큼하고 나설 때 신치규는 머리끝이 으쓱하였다. 쇠몽둥이 같은 두 주먹이 쑥 앞으로 닥칠 때 그의 가슴은 덜컥 내려앉았다.

"네 입에서 이놈이라는 소리가 나오지? 이 사지를 찢어발겨도 오히려 시원치 못할 놈아! 네가 내 계집을 빼앗으려고 오늘 날더러 나가라고 그랬지?"

"어허! 이거 그놈이 눈깔이 삐었군. 얘, 나는 먼저 들어가겠다. 너는 네 서방하고 나중에 들어오너라!"

신치규는 형세가 위험하니까 슬금슬금 꽁무니를 빼려고 돌아서서 들어가려 하니까 방원은 돌아서는 신치규의 멱살을 잔뜩 쥐어 한 팔로 바싹 치켜들고,

"이놈 어디를 가? 네가 이때까지 맛을 몰랐구나?"

하며, 한 번 집어쳐 땅바닥에다 태질을 한 뒤에 그대로 타고 앉아서 목줄띠를 조르니까, 마치 뱀이 개구리 잡아먹을 적 모양으로 깩깩 소리가 나며 말 한마디도 못한다.

"이놈, 너 죽고 나 죽으면 고만 아니냐?"

하고 방원은 주먹으로 사정없이 닥치는 대로 들이댄다. 나중에는 주먹이 부족하여 옆에 있는 모루돌멩이를 집어서 죽어라 하고 내리친다. 그의 팔, 그의 몸에 끓어오르는 분노가 극도에 달

하자 사람의 가슴속에 본능적으로 숨어 있는 잔인성이 조금도 남지 않고 그대로 나타났다. 그의 눈은 마치 펄떡펄떡 뛰는 미끼를 가로차고 앉은 승냥이나 이리와 같이 뜨거운 피를 보고야 만족하다는 듯이 무섭게 번쩍거렸다. 그에게는 초자연의 무서운 힘이 그의 팔과 다리에 올라왔다.

이 꼴을 보는 계집은 무서웠다. 끔찍끔찍한 일이 목전에 생길 것이다. 그의 맥이 풀린 다리는 마음대로 놓여지지 아니하였다.

"아! 사람 살류! 사람 살류!"

적적한 밤중에 쓸쓸한 마을에는 처참한 여자 목소리가 으스스하게 울리었다. 이 소리를 들은 방원은 더욱 힘을 주어서 눈을 딱 감고 죽어라 내리 짓찧었다. 뼈가 돌에 맞는 소리가 살이 얼크러지는 소리와 함께 퍽퍽하였다. 피 묻은 돌이 여기저기 흩어지고 갈가리 찢긴 옷에는 살점이 묻었다.

동네편 쪽에서 수군수군하더니 구둣발 소리가 나며 칼 소리가 덜거덕거리었다. 방원의 머리에는 번갯불같이 무엇이 보이었다. 그는 손에 주먹을 쥔 채 잠깐 정신을 차려 그쪽으로 귀를 기울였다.

"순검……."

그는 신치규의 배를 타고 앉아서 순검의 구둣발 소리를 듣자 비로소 자기가 무슨 짓을 하였는지 깨달았다.

그는 미친 사람처럼 일어났다. 그리고는 옆에 서서 벌벌 떠는 계집에게로 갔다.

"얘! 가자! 도망가자! 너하고 나하고 같이 가자! 자! 어서!"

계집은 자기에게 또 무슨 일이 있을까 하여 겁을 내어 도망을 하려 한다. 방원은 계집을 따라가며,

"얘! 얘! 네가 이렇게도 나를 몰라주니? 내가 너를 어떻게 생각하는지 알지를 못하니? 자! 어서, 도망가자, 어서 어서, 뒤에서 순검이 쫓아온다."

계집은 그대로 서서 종종걸음을 치며,

"싫소! 임자나 가구려. 나는 싫어요, 싫어."

"가자! 응! 가!"

그는 미친 사람처럼 계집의 팔을 붙잡고 끌었다. 그때 누구인지 그의 두 팔을 마치 형틀에 매다는 것같이 꽉 뒤로 끼어안는 사람이 있었다.

"이놈아! 어디를 가?"

그는 뒤를 돌아보지 않고도 그가 누구인지 알았다. 그는 온 전신에 맥이 풀리어 그대로 뒤로 자빠지려 할 때 어느덧 널판 같은 주먹이 그의 뺨을 사정없이 갈겼다.

"정신 차려!"

"네."

그는 무의식적으로 고개가 숙여지고 말소리가 공손하여졌다. 땅바닥에서는 신치규가 꿈지럭거리며 이리저리 뒹군다. 청승스러운 비명(悲鳴)이 들린다.

방원은 포승 지인 채, 계집은 그대로, 주재소로 끌려가고 신치규는 머슴들이 업어 들었다.


4


석 달이 지났다. 상해죄(傷害罪)로 감옥에서 복역을 하던 방원은 만기가 되어 출옥을 하였다. 그러나 신치규는 아무 일 없이 자기 집에서 치료하고 방원의 계집을 데려다 산다. 신치규는 온몸이 나은 뒤에 홀로 생각하였다.

'죽는 줄만 알았더니 그래도 이렇게 살아 있으니!'
하고, 얼굴에 흠이 진 곳을 만져 보며,

'오히려 그놈이 그렇게 한 것이 나에게는 다행이지, 얼굴이 아프기는 좀 하였으나! 허어.'

'어떻게 그놈을 떼 버릴까 하고 그렇지 않아도 걱정하던 차에 잘 되었지. 그놈 한 십 년 감옥에서 콩밥을 먹었으면 좋겠다.'

방원은 감옥에서 생각하기를 나가기만 하면 연놈을 죽여 버리고 제가 죽든지 요절을 내리라 하였다. 집에서 내쫓기고 계집까지 빼앗기고, 그것을 생각하면 이가 갈리고 치가 떨리었다. 그것이 모두 자기의 돈 없는 탓인 것을 생각하면 더욱 분한 생각이 났다.

"에이 더러운 년!"

그는 홍바지에 쇠사슬을 차고서 일을 할 때에도 가끔 침을 땅에다 뱉으면서 혼자 중얼거렸다.

"사람이 이러고서야 살아서 무엇하나. 멀쩡한 놈이 계집 빼앗기고 생으로 콩밥까지 먹으니……."

그가 감옥에서 나올 때에는 감옥소를 다시 한 번 돌아보고, 내가 여기서 마지막으로 목숨을 잃어버리든지 그렇지 않으면 내가 내 손으로 내 목을 찔러 죽든지, 무슨 요절이 날 것을 생각하고, 다시 온몸에 힘을 주고 쓸쓸한 웃음을 웃었다.

그는 이백 리나 되는 길을 걸어서 계집이 사는 촌에 왔다. 그러나 아무도 그를 아는 체하는 사람이 없었다. 전에 친하게 지내던 사람들도 그를 보고 피해 갔다.

마치 문둥병자나 마찬가지 대우를 하였다. 감옥에서 나온 뒤로부터는 더욱이 세상이 차디차졌다. 자기가 상상하던 것보다도 더 무정하여졌다. 그는 하는 수없이 밤이 될 때까지 그 근처 산속으로 돌아다녔다. 그래서 깊은 밤에 촌으로 내려왔다. 그는 그 방앗간을 다시 지나갔다. 석 달 전 생각이 났다. 자기가 여기서 잡혀 갔다는 것을 생각할 때 더욱 억울하고 분한 생각이 치밀어 올랐다. 그는 한참이나 거기 서서 그때 일을 생각하고 몸서리를 친 후에 다시 그전 집을 찾아갔다.

날이 몹시 추워지고 눈이 쌓였다. 옷을 입은 것이 가을에 입고 감옥에 들었던 그것이므로 살을 에는 듯한 것이로되 그는 분한 생각과 흥분된 마음에 그것도 몰랐다.

'연놈을 모두 처치를 해 버려?'

혼자 속으로 궁리를 하다가,

'그렇지, 그까짓 것들은 살려 두어야 쓸데없는 인생들이야.'

하면서 옆구리에 지른 기름한 단도를 다시 만져 보았다. 그는 감격스런 마음으로 그것을 쓰다듬었다. 그는 신치규의 집 울을 넘어 들어갔다. 그의 발은 전에 다닐 적같이 익숙하였다.

그는 사랑을 엿보고 다시 뒤로 돌아서 건넌방 창 밑에 와 섰었다. 귀를 기울였으나 아무 말도 들리지 않았다. 그는 손에 칼을 빼 들었다. 그리고는 일부러 뒤 창문을 달각달각 흔들었다.

"그 뉘?"

하고 계집의 머리가 쑥 나오며 문이 열리었다. 그는 얼른 비켜 섰다. 문은 다시 닫히고 계집은 들어갔다.

방원의 마음은 이상하게 동요가 되었다. 예쁜 계집의 목소리가 오래간만에 귀에 들릴 때, 마치 자기가 감옥에서 꿈을 꿀 적 모양으로 요염하고도 황홀하게 그의 마음을 꾀는 것 같았다. 그는 꿈속에서 다시 만난 것 같고 오래간만에 그를 만나 보매 모든 결심은 얼음같이 녹는 듯하였다. 그래도 계집이 설마 나를 영영 잊어버리랴 하고 옛날의 정리를 생각할 때 그것이 거짓말이 아니고 무엇이냐는 생각이 났다.

아무리 자기를 감옥에까지 가게 했다 하더라도 그는 감히 칼을 들어 죽이려는 용기가 단번에 나지 않아서 주저하기 시작하였다.

'아니다, 다시 한 번만 물어보자!'

그는 들었던 칼을 다시 집고 생각하였다.

'거짓말이다. 거짓말이다! 그럴 리가 없다.'

그는 반신반의하였다.

'그렇다. 한 번만 다시 물어보고 죽이든 살리든 하자!'

그는 다시 문을 달각달각하였다. 계집은 이번에 다시 문을 열고 사면을 둘러보더니 헌 짚신짝을 신고 나왔다.

"뉘요?"

그는 방원이 서 있는 집 모퉁이를 돌아서려 할 제,

"내다!"

하고, 입을 틀어막고 칼을 가슴에 대었다.

"떠들면 죽어!"

방원은 계집의 입을 수건으로 틀어막고 결박을 한 후 들쳐 업고서 번개같이 달음질하였다.

그는 어느 결에 계집을 업어다가 물레방아 앞에 내려놓은 후 결박을 풀었다. 그리고 한숨을 쉬었다.

"나를 모르겠니?"

캄캄한 그믐밤에 얼굴을 바짝 계집의 코앞에 들이대었다. 계집은 얼굴을 자세히 보더니,

"아!"

소리를 지르더니 뒤로 물러섰다.

"조금도 놀랄 것이 없다. 오늘 네가 내 말을 들으면 살려 줄 것이요. 그렇지 않으면 이것이야!"

하고, 시퍼런 칼을 들이대었다. 계집은 다시 태연하게,

"말요? 임자의 말을 들을 것 같으면 벌써 들었지요, 이때까지 있겠소? 임자도 남의 마음을 알 거요. 임자와 나와 이 년 전에 이곳으로 도망해 올 적에도 전 남편이 나를 죽이겠다고 허리를 찔러 그 흠이 있는 것을 날마다 밤에 당신이 어루만지었지요? 내가 그까짓 칼쯤을 무서워서 나 하고 싶은 것을 못한단 말이오? 힝, 이게 무슨 비겁한 짓이오, 사내자식이. 자! 찌르려거든 찔러 보아요. 자, 자."

계집은 두 가슴을 벌리고 대들었다.

방원은 너무 계집의 태도가 대담하므로 들었던 칼이 도리어 뒤로 움찔할 만큼 기가 막혔다.

그는 무의식중에,

"정말이냐?"

하고 한 걸음 더 가까이 나섰다.

"정말이 아니고? 내가 비록 여자지마는 당신같이 겁쟁이는 아니라오! 이것이 도무지 무엇이요?"

계집은 그래도 두려웠던지 방원의 손에 든 칼을 뿌리쳐 땅에 떨어뜨렸다.

이 칼이 땅에 떨어지자 방원은 이때까지 용사와 같이 보이던 계집이 몹시 비겁스럽고 더러워 보이어 다시 칼을 집어 들고 덤비었다.

"에잇! 간사한 년! 어쩔 터이냐? 나하고 당장에 멀리 가지 않을 터이냐? 자아 가자!"

그는 눈물이 어린 눈으로 타일러 보기도 하고 간청도 하여 보았다.

"자아, 어서 옛날과 같이 나하고 멀리멀리 도망을 가자! 나는 참으로 나의 칼로 너를 죽일 수는 없다!"

계집의 눈에는 독이 올라왔다. 광채가 어두운 밤에 번개같이

번쩍거리며,

"싫어요. 나는 죽으면 죽었지 가기 싫어요. 이제 나는 고만 그렇게 구차하고 천한 생활을 다시 하기 싫어요. 고만 물렸어요."

"너의 입으로 정말 그런 말이 나오느냐? 너는 나를 우리 고향에 다시 돌아가지도 못하게 만들어 놓고, 나의 모든 것을 다 잃어버리게 한 후에 또 나중에는 세상에서 지옥이라고 하는 감옥소에까지 가게 하였지! 그러고도 나의 맨 마지막 원을 들어 주지 않을 터이냐?"

"나는 언제든지 당신 손에 죽을 것까지도 알고 있소! 자! 오늘 죽으나 내일 죽으나 언제든지 죽기는 일반, 이렇게 된 이상 나를 죽이시오."

"정말이냐? 정말이냐?"

"정말요!"

계집은 결심한 뜻을 나타내었다. 방원의 손은 떨리었다. 그리고 그는 눈을 꽉 감고,

"에이, 여우 같은 년!"

하고 칼끝을 계집의 옆구리를 향하여 힘껏 내밀었다. 계집은 이를 악물고,

"사람 죽인다!"

소리 한 번에 그 자리에 거꾸러졌다.

　칼자루를 든 손이 피가 몰리는 바람에 우루루 떨리더니 피가 새어 나왔다. 방원은 그 칼을 빼어들더니 계집 위에 거꾸러져서 가슴을 찌르고 절명하여 버렸다.

# 벙어리 삼룡이

1

내가 열 살이 될락 말락 한 때이니까 지금으로부터 십사오 년 전 일이다.

지금은 그곳을 청엽정(靑葉町)이라 부르지마는 그때는 연화봉(蓮花峰)이라고 이름하였다. 즉 남대문(南大門)에서 바로 내다보면 오정포(午正砲)가 놓여 있는 산등성이가 있으니, 그 산등성이 이쪽이 연화봉이요, 그 새에 있는 동네가 연화봉이다.

지금은 그곳에 빈민굴이라고 할 수밖에 없이 지저분한 촌락이 생기고 노동자들밖에 살지 않는 곳이 되어 버렸으나, 그때에는 자기네 딴은 행세한다는 사람들이 있었다.

집이라고는 십여 호밖에 있지 않았고 그곳에 사는 사람들은 대개 과목밭을 하고 또는 채소를 심거나, 아니면 콩나물을 길러서 생활을 하여 갔었다.

여기에 그중 큰 과목밭을 갖고 그중 여유 있는 생활을 하여 가는 사람이 하나 있었는데, 그의 이름은 잊어버렸으나 동네 사람들이 부르기를 오 생원이라고 불렀다.

얼굴이 동탕하고 목소리가 마치 여름에 버드나무에 앉아서 길게 목 늘여 우는 매미 소리같이 저르렁저르렁하였다.

그는 몹시 부지런한 중년 늙은이로 아침이면 새벽 일찍이 일어나서 앞뒤로 뒷짐을 지고 돌아다니며 집안일을 보살피는데, 그 동네에는 그가 마치 시계와 같아서 그가 일어나는 때가 동네 사람이 일어나는 때였다. 만일 그가 아침에 돌아다니며 잔소리를 하지 않으면 동네 사람들은 이상히 여겨 그의 집으로 가 본다. 그는 반드시 몸이 불편하여 누워 있었다. 그러나 그와 같은 때는 일년 삼백육십 일에 한 번 있기가 어려운 일이요, 이태나 삼 년에 한 번 있거나 말거나 하였다.

그가 이곳으로 이사를 온 지는 얼마 되지는 아니하나 언제든지 감투를 쓰고 다니므로 동네 사람들은 양반이라고 불렀고, 또 그 사람도 동네 사람들에게 그리 인심을 잃지 않으려고 섣달이면 북어 쾌, 김 톳을 동네 사람에게 나눠 주며, 농사 때에 쓰는 연장도 넉넉히 장만한 후 아무 때나 동네 사람들이 쓰게 하므로, 그 동네에서는 가장 인심 후하고 존경받는 집인 동시에 세력 있는 집이다.

그 집에는 삼룡이라는 벙어리 하인 하나가 있으니, 키가 몹시 크지 못하여 땅딸보이고 고개가 달라붙어 몸뚱이에 대강이를 갖다가 붙인 것 같다. 거기다가 얼굴이 몹시 얽고 입이 크다. 머리는 전에 새 꼬랑지 같은 것을 주인의 명령으로 깎기는 깎았으나 불밤송이 모양으로 언제든지 푸하고 일어섰다. 그래 걸어 다니는 것을 보면 마치 옴두꺼비가 서서 다니는 것같이 숨차 보이고 더디어 보인다.

동네 사람들이 부르기를 삼룡이라 부르는 법이 없고 언제든지 '벙어리', '벙어리'라고 하든지 그러지 않으면 '앵모', '앵모' 한다. 그렇지만 삼룡이는 그 소리를 알지 못한다.

그도 이 집 주인이 이리로 이사를 올 때에 데리고 왔으니 진실하고 충성스러우며 부지런하고 세차다. 눈치로만 지내 가는 벙어리지마는 말하고 듣는 사람보다 슬기로운 적이 있고, 평생 조심성이 있어서 결코 실수한 적이 없다.

아침에 일어나면 마당을 쓸고, 소와 돼지의 여물을 먹이며, 여름이면 밭에 풀을 뽑고 나무를 실어 들이고 장작을 패며, 겨울이면 눈을 쓸며 장 심부름과 진일 마른일 할 것 없이 못 하는 일이 없다.

그럴수록 이 집주인은 벙어리를 위해 주며 사랑한다. 혹시 몸이 불편한 기색이 있으면 쉬게 하고, 먹고 싶어 하는 듯한 것은 먹이고, 입을 때 입히고, 잘 때 재운다.

그런데 이 집에는 삼대독자로 내려오는 아들이 있다. 나이는 열일곱 살이나 아직 열네 살도 되어 보이지 않고 너무 귀엽게 길렀기 때문에 누구에게든지 버릇이 없고 어리광을 부리며 사람에게나 짐승에게 포악한 짓을 많이 한다.

동네 사람들은,

"후레자식! 아비 속상하게 할 자식! 저런 자식은 없는 것만 못해."

하고, 욕들을 한다.

그래서 그의 어머니는 아들이 잘못할 때마다 영감을 보고,

"그 자식을 좀 때려 주구려. 왜 그런 것을 보고 가만두?"

하고 자기가 대신 때려 주려고 나서면,

"아뇨. 아직 철이 없어 그렇지, 저도 지각이 나면 그렇지 않을 것이 아뇨."

하고 너그럽게 타이른다.

그러면 마누라는 왜가리처럼 소리를 지르며,

"철이 없긴 지금 나이가 몇이오. 낼 모레면 스무 살이 되는데, 또 며칠 아니면 장가를 들어서 자식까지 날 것이 그래 가지고

무엇을 한단 말이오."

하고 들이대며,

"자식은 꼭 아버지가 버려 놓았습니다. 자식 귀여운 것만 알았지 버릇 가르칠 줄은 모르니까……."

이렇게 싸움만 시작하면 영감은 아무 말도 하지 않고 바깥으로 나가 버린다.

그 아들은 더구나 벙어리를 사람으로 알지도 않는다. 말 못하는 벙어리라고 오고 가며 주먹으로 허구리를 지르기도 하고 발길로 엉덩이를 찬다.

그러면 그 벙어리는 어린것이 철없이 그러는 것이 도리어 귀엽기도 하고 또 힘없는 팔과 힘없는 다리로 자기의 무쇠 같은 몸을 건드리는 것이 우습기도 하고 앙증맞기도 하여 돌아서서 툭툭 털고 다른 곳으로 몸을 피해 버린다.

어떤 때는 낮잠 자는 벙어리 입에다가 똥을 먹인 일도 있었다. 또 어떤 때는 자는 벙어리 두 팔 두 다리를 살며시 동여매고 손가락 발가락 사이에 화승불을 붙여 놓아 질겁하고 일어나다가 발버둥질을 하고 죽으려는 사람처럼 괴로워하는 것을 보고 기뻐하였다.

이러한 때마다 벙어리의 가슴에는 비분한 마음이 꽉 들어찼다. 그러나 그는 주인의 아들을 원망하는 것보다도 자기가 병신인 것을 원망하였으며, 주인의 아들을 저주한다는 것보다 이 세상을 저주하였다.

그러나 그는 결코 눈물을 흘리지 않았다. 그의 눈물은 나오려 할 때 아주 말라붙어 버린 샘물과 같이 나오려 하나 나오지를 아니하였다.

그는 주인의 집을 버릴 줄 모르는 개 모양으로 자기가 있어야 할 곳은 여기밖에 없고 자기가 믿을 것도 여기 있는 사람들밖에 없을 줄 알았다. 여기서 살다가 여기서 죽는 것이 자기의 운명인 줄밖에 알지 못하였다. 자기의 주인 아들이 때리고 지르고 꼬집어 뜯고 모든 방법으로 학대할지라도 그것이 자기에게 으레 있는 줄밖에 알지 못하였다. 아픈 것도 그 아픈 것이 으레 자기에게 돌아올 것이요, 쓰린 것도 자기가 받지 않아서는 안 될 것으로 알았다. 그는 이 마땅히 자기가 받아야 할 것을 어떻게 해야 면할까 하는 생각을 한 번도 하여 본 일이 없었다.

그가 이 집에서 떠나가려 하거나 또는 그의 생활환경에서 벗어나려는 생각은 한 번도 해 보지 않았다 할지라도 그는 언제든지 그 주인 아들이 자기를 학대하고 또는 자기를 못 살게 굴 때 그는 자기의 주먹과 또는 자기의 힘을 생각하여 보았다.

주인 아들이 자기를 때릴 때 그는 주인 아들 하나쯤은 넉넉히 제지할 힘이 있는 것을 알았다.

어떠한 때는 아픔과 쓰림이 자기의 몸으로 스미어들 때면 그의 주먹은 떨리면서 어린 주인의 몸을 치려 하다가는 그것을 무서운 고통과 함께 꾹 참았다.

그는 속으로,

'아니다. 그는 주인의 아들이다. 그는 나의 어린 주인이다.'

하고, 꾹 참았다.

그리고는 그것을 얼른 잊어버리었다. 그러다가도 동넷집 아이들과 혹시 장난을 하다가 주인 아들이 울고 들어올 때에는 그는 황소같이 날뛰면서 주인을 위하여 싸웠다. 그래서 동네에서도 어린애들이나 장난꾼들이 벙어리를 무서워하여 감히 덤비지를 못하였다. 그리고 주인 아들도 위급한 경우에는 언제든지 벙어리를 찾았다.

벙어리는 얻어맞으면서도 기어드는 충견 모양으로 주인의 아들을 위하여 싫어하지 않고 힘을 다하였다.


2


벙어리가 스물세 살이 될 때까지 그는 물론 이성과 접촉할 기회가 없었다. 동네 처녀들이 저를 '벙어리', '벙어리' 하며 괴상

한 손짓과 몸짓으로 놀려 먹음을 받을 적에 분하고 골나는 중에도 느긋한 즐거움을 느끼어 본 일은 있었으나 그가 결코 사랑으로써 어떠한 여자를 대해 본 일은 없었다.

그러나 정욕을 가진 사람인 벙어리도 그의 피가 차디찰 리는 없었다. 혹 그의 피는 더욱 뜨거웠을는지도 알 수 없었다. 뜨겁다 뜨겁다 못하여 엉기어 버린 엿과 같을지도 알 수 없었다. 만일 그에게 볕을 주거나 다시 뜨거운 열을 준다면, 그의 피는 다시 녹을는지도 알 수 없었다.

그가 깜박깜박하는 기름등잔 아래에서 밤이 깊도록 짚세기를 삼을 때이면 남모르는 한숨을 아니 쉬는 것도 아니지마는, 그는 그것을 곧 억제할 수 있을 만큼 정욕에 대하여 벌써부터 단념을 하고 있었다.

마치 언제 폭발이 될는지 알지 못하는 휴화산(休火山) 모양으로 그의 가슴속에는 충분한 정열을 깊이 감추어 놓았으나 그것이 아직 폭발될 시기가 이르지 못한 것이었다. 비록 폭발이 되려고 무섭게 격동함을 벙어리 자신도 느끼지 않는 바는 아니지마는 그는 그것을 폭발시킬 조건을 얻기 어려웠으며, 또한 자기가 이때까지 능동적으로 그것을 나타낼 수가 없을 만큼 외계의 압축을 받았으며 그것으로 인한 이지(理智)가 너무 그에게 자제력(自制力)을 강대하게 하여 주는 동시에 또한 너무 그것을 단념만 하게 하여 주었다.

속으로 '나는 벙어리다.'라고 생각할 때 그는 몹시 원통함을 느끼는 동시에 다른 말하는 사람들과 똑같은 자유와 똑같은 권리가 없는 줄 알았다. 그는 이와 같은 생각에서 언제든지 단념 안 하랴 단념하지 않을 수 없는 그 단념이 쌓이고 쌓이어 지금에는 다만 한 개의 기계와 같이 이 집에 노예가 되어 있으면서도 그것을 자기의 천직으로 알고 있을 뿐이요, 다시는 자기가 살아갈 세상이 없는 것같이 밖에 알지 못하게 된 것이다.


3


그해 가을이다. 주인의 아들이 장가를 들었다. 색시는 신랑보다 두 살 위인 열아홉 살이다. 주인이 본시 자기가 언제든지 문벌이 얕은 것을 한탄하여 신부를 구할 때에 첫째 조건이 문벌이 높아야 할 것이었다. 그러나 문벌이 있는 집에서는 그리 쉽게 색시를 내놓을 리가 없었다. 그러므로 하는 수 없이 그 어떠한 영락한 양반의 딸을 돈을 주고 사 오다시피 하였으니 무남독녀의 딸을 둔 남촌 어떤 과부를 꿀을 발라서 약혼을 하고 혹시나 무슨 딴소리가 있을까 하여 부랴부랴 성례식을 시켜 버렸다.

혼인할 때의 비용도 그때 돈으로 삼만 냥을 썼다. 그리고 아들의 처갓집에 며느리 뒤보아주는 바느질삯, 빨랫삯이라는 명목으로 한 달에 이천오백 냥씩을 대어 주었다.

신부는 자기 아버지가 돌아가기 전까지만 해도 상당히 견디기도 하고 또는 금지옥엽같이 기른 터이라, 구식 가정에서 배울 것 배우고 읽힐 것 읽혀 못하는 것이 없고, 게다가 본래 인물이라든지 행동거지에 조금도 구김이 있지 아니하다.

신부가 오자 신랑이 흠절이 생기기 시작하였다.

"신부에게 대면 두루미와 까마귀지."

"아직도 철딱서니가 없어."

"색시에게 쥐어 지내겠지."

"신랑에겐 과하지."

동넷집 말 좋아하는 여편네들이 모여 앉으면 이렇게 비평들을 한다. 어떠한 남의 걱정 잘하는 마누라님은 간혹 신랑을 보고는 그대로 세워 놓고,

"글쎄, 이제는 어른이 되었으니 샘이 좀 나요. 저러구 어떻게 색시를 거느려 가누. 색시 방에 들어가기가 부끄럽지 않남."
하고 들이대다시피 하는 일이 있다.

이럴 적마다 신랑의 마음은 그 말하는 이들이 미웠다. 일부러 자기를 부끄럽게 하려고 하는 것 같아서 그 후에 그를 만나면

말도 안하고 인사도 하지 아니한다.

또 그의 고모 되는 이가 와서 자기 조카를 보고,

"인제는 어른이야. 너도 그만하면 지각이 날 때가 되지 않았니. 네 처가 부끄럽지 아니하냐." 하고 타이를 적마다 그의 마음은 말하는 사람이 부끄럽다는 것보다도 자기를 이렇게 하게 한 자기 아내가 더욱 밉살머리스러웠다.

"여편네가 다 무엇이냐? 빌어먹을 년이 들어오더니 나를 이렇게 못 살게들 굴지."

혼인한 지 며칠이 못 되어 그는 색시 방에 들어가지를 않았다. 집안에서는 야단이 났다. 마치 돼지나 말 새끼를 혼례시키려는 것같이 신랑을 색시 방으로 집어넣으려 하나 막무가내였다. 그럴 때마다 신랑은 손에 닥치는 대로 집어 때려서 자기의 외사촌 누이의 이마를 뚫어서 피까지 나게 한 일이 있었다.

집안 식구들은 하는 수가 없어 맨 나중으로 아버지에게 밀었다. 그러나 그것도 소용이 없을뿐더러 풍파를 더 일으키게 하였다. 아버지께 꾸중을 듣고 들어와서는 다짜고짜로 신부의 머리채를 쥐어 잡아 마루 한복판에 태질을 쳤다.

그리고는,

"이년, 네 집으로 얼른 가거라. 보기 싫다. 내 눈앞에는 보이지도 마라."

하였다. 밥상을 가져오면 그 밥상이 마당 한복판에서 재주를 넘고, 옷을 가져오면 그 옷이 쓰레기통으로 나간다.

이리하여 색시는 시집오던 날부터 팔자 한탄을 하고서 날마다 밤마다 우는 사람이 되었다.

울면은 요사스럽다고 때린다. 또 말이 없으면 빙충맞다고 친다. 이리하여 그 집에는 평화스러운 날이 하루도 없었다.

이것을 날마다 보는 사람 가운데 알 수 없는 의혹을 품게 된 사람이 하나 있으니 그는 곧 벙어리 삼룡이었다.

그렇게 예쁘고 유순하고 그렇게 얌전한, 벙어리의 눈으로 보아서는 감히 손도 대지 못할 만큼 선녀 같은 색시를 때리는 것은 자기의 생각으로는 도저히 풀 수 없는 의심이다.

보기에도 황홀하고 건드리기도 황송할 만큼 숭고한 여자를 그렇게 학대한다는 것은 너무나 세상에 있지 못할 일이다.

자기는 주인 새서방에게 개나 돼지같이 얻어맞는 것이 마땅한 이상으로 마땅하지마는 선녀와 짐승의 차가 있는 색시가 자기와 똑같이 얻어맞는 것은 너무 무서운 일이다. 어린 주인이 천벌이나 받지 않을까 두렵기까지 하였다.

어떠한 달밤, 사면은 고요 적막하고 별들은 드문드문 눈들만 깜박이며 반달이 공중에 뚜렷이 달려 있어 수은으로 세상을 깨끗하게 닦아 낸 듯이 청명한데, 삼룡이는 검둥개 등을 쓰다듬으며 바깥마당 멍석 위에 비슷이 드러누워 하늘을 쳐다보며 생각하여 보았다.

주인 색시를 생각하면 공중에 있는 달보다도 더 곱고 별들보다도 더 깨끗하였다. 주인 색시를 생각하면 달이 보이고 별이 보이었다. 삼라만상을 씻어 내는 은빛보다도 더 흰 달이나 별의 광채보다도 그의 마음이 아름답고 부드러운 듯하였다.

마치 달이나 별이 땅에 떨어져 주인 새아씨가 된 것도 같고, 주인 새아씨가 하늘에 올라가면 달이 되고 별이 될 것 같았다.

더구나 자기를 어린 주인이 때리고 꼬집을 때 감히 입 벌려 말은 하지 못하나 측은하고 불쌍히 여기는 정이 그의 두 눈에 나타나는 것을 다시 생각할 때 그는 부들부들한 개 등을 어루만지면서 감격을 느끼었다. 개는 꼬리를 치며 자기를 귀여워하는 줄 알고 벙어리의 손을 핥았다.

삼룡이의 마음은 주인아씨를 동정하는 마음으로 가득 찼다. 또는 그를 위하여서는 자기의 목숨이라도 아끼지 않겠다는 의분에 넘치었다.

그것이 마치 살구를 보면 입 속에 침이 도는 것같이 본능적으로 느끼어지는 감정이었다.

4

새댁이 온 뒤에 다른 사람들은 자유로운 안 출입을 금하였으나 벙어리는 마치 개가 맘대로 안에 출입할 수 있는 것같이 아무 의심 없이 출입할 수가 있었다.

하루는 어린 주인이 먹지 않던 술이 잔뜩 취하여 무지한 놈에게 맞아서 길에 자빠진 것을 업어다가 안으로 들여다 누인 일이 있었다. 그때에 아무도 안에 있지 않고 다만 새색시 혼자 방에서 바느질을 하고 있다가 이 꼴을 보고 벙어리의 충성된 마음이 고마워서, 그 후에 쓰던 비단 헝겊조각으로 부시쌈지 하나를 만들어 준 일이 있었다.

이것이 새서방님의 눈에 띄었다. 그래서 색시는 어떤 날 밤 자던 몸으로 마당 복판에 머리를 푼 채 내동댕이가 쳐졌다. 그리고 온몸에 피가 맺히도록 얻어맞았다.

이것을 본 벙어리는 또다시 의분의 마음이 뻗쳐 올라왔다. 그래서 미친 사자와 같이 뛰어 들어가 새서방님을 내어던지고 새색시를 둘러메었다. 그리고는 나는 수리와 같이 바깥사랑 주인 영감 있는 곳으로 뛰어가 그 앞에 내려놓고 손짓과 몸짓을 열 번, 스무 번 거푸하며 하소연하였다.

그 이튿날 아침에 그는 주인 새서방님에게 물푸레로 얼굴을 몹시 얻어맞아서 한쪽 뺨이 눈을 얼려서 피가 나고 주먹같이 부었다. 그 때릴 적에 새서방의 입에서 나오는 말은,

"이 흉칙한 벙어리 같으니, 내 여편네를 건드려!"

하며 부시쌈지를 빼앗아 갈가리 찢어서 뒷간에 던졌다.

"그리고 이놈아! 인제는 주인도 몰라보고 막 친다. 이런 것은 죽여야 해!"

하고 채찍으로 그의 뒷덜미를 갈겨서 그 자리에 쓰러지게 했다.

벙어리는 다만 두 손으로 빌 뿐이었다. 말은 못하고 고개를 몇 백 번 코가 닿도록 그저 용서해 달라고 빌기만 하였다. 그러나 그의 가슴에는 비로소 숨겨 왔던 정의감이 머리를 들기 시작하였다. 그는 아픈 것을 참아 가면서도 북받치는 분노를 억제하였다.

그때부터 벙어리는 안방에 들어가지 못하였다. 이 들어가지 못하는 것이 더욱 벙어리로 하여금 궁금증이 나게 하였다. 그 궁금증이라는 것이 묘하게 빛이 변하여 주인아씨를 뵈옵고 싶은 심정으로 변하였다. 뵈옵지 못하므로 가슴이 타올랐다. 몹시 애상(哀傷)의 정서가 그의 가슴을 저리게 하였다. 한 번이라도 아씨를 뵈올 수가 있으면 하는 마음이 나더니, 그의 마음의 넋은 느끼기를 시작하였다. 센티멘털한 가운데에서 느끼는 그 무슨 정서는 그에게 생명 같은 희열을 주었다. 그것과 자기의 목

숨이라도 바꿀 수 있을 것 같았다. 어떤 때는 그대로 대강이로 담을 뚫고 들어가고 싶도록 주인아씨를 뵈옵고 싶은 것을 꾹 참을 때도 있었다.

그 후부터는 밥을 잘 먹을 수가 없었다. 일도 손에 잡히지 않았다. 틈만 있으면 안으로만 들어가고 싶었다.

주인이 전보다 많이 밥과 음식을 주고 더 편하게 하여 주었으나 그것이 싫었다. 그는 밤에 잠을 자지 않고 집 가장자리를 돌아다녔다.


5


하루는 주인 새서방님이 술에 취하여 들어오더니 집안이 수선수선하여지며 계집 하인이 약을 사러 갔다 들어오는 것을 보고 그 계집 하인을 붙잡았다. 그리고 무엇이냐고 물었다.

계집 하인은 주먹을 뒤통수에 대고 얼굴을 젊다고 하는 뜻으로 쓰다듬으며 둘째손가락을 내밀었다. 그것은 그 집주인은 엄지손가락이요, 둘째손가락은 새서방님이라는 뜻이요, 주먹을 뒤통수에 대는 것은 여편네라는 뜻이요, 얼굴을 문지르는 것은 예쁘다는 뜻으로 벙어리에게 쓰는 암호다.

그런 뒤에 다시 혀를 내밀고 눈을 뒤집어쓰는 형상을 하고 두 팔을 착 벌리고 뒤로 자빠지는 꼴을 보이니, 그것은 사람이 죽게 되었거나 앓을 적에 하는 말 대신의 손짓이다.

벙어리는 눈을 크게 뜨고 계집 하인에게 한 발자국 가까이 들어서며 놀라는 듯이 멀거니 한참이나 있었다.

그의 가슴은 무섭게 격동하였다. 자기의 그리운 주인아씨가 죽었다는 말이 아닌가. 그는 두 주먹을 마주치며 한숨을 쉬었다. 그리고는 자기 딴에 무엇을 생각하는 것처럼 두어 시간이나 두 눈만 껌벅껌벅하고 앉았었다.

그는 밤이 깊어 갈수록 궁금증 나는 사람처럼 일어섰다 앉았다 하더니 두 시나 되어서 바깥으로 나가서 뒤로 돌아갔다.

그는 도둑놈처럼 조심스럽게 바로 건넌방 뒤 미닫이 앞 담에 서서 주저주저하더니 담을 넘었다. 가까이 창 앞에 서서 문틈으로 안을 살피다가 그는 진저리를 치며 물러섰다.

어두운 밤에 그의 손과 발이 마치 그 뒤에 서 있는 감나무 잎같이 떨리더니 그대로 문을 박차고 뛰어 들어갔을 때, 그의 팔에는 주인아씨가 한 손에 기다란 명주 수건을 들고서 한 팔로 벙어리의 가슴을 밀치며 뻗디디었다. 벙어리는 다만 눈이 뚱그래서 '에헤' 소리만 지르고 그 수건을 뺏으려 애쓸 뿐이다.

집안이 야단났다.

“집안이 망했군!”

“어디 사내가 없어서 벙어리를!”

“어떻든 알 수 없는 일이야!”

하는 소리가 이 구석 저 구석에서 수군댄다.


6


그 이튿날 아침에 벙어리는 온몸이 짓이긴 것이 되어 마당에 거꾸러져 입에서 피를 토하며 신음하고 있었다. 그 곁에서는 새 서방이 쇠줄 몽둥이를 들고서 문초를 한다.

“이놈!”

하고는, 음란한 흉내는 모조리 하여 가며 건넌방을 가리킨다. 그러나 벙어리는 손을 내저을 뿐이다. 또 몽둥이에는 살점이 묻어 나왔다. 그리고 피가 흘렀다.

벙어리는 타 들어가는 목으로 소리도 못 내며 고개만 내젓는다. 그는 피를 토하며 거꾸러지며 이마를 땅에 비비며 고개를 내흔든다. 땅에는 피가 스며든다. 새서방은 채찍 끝에 납 뭉치를 달아서 가슴을 훔쳐 갈겼다가 힘껏 잡아 뽑았다. 벙어리는 그대로 거꾸러지며 말이 없었다.

새서방은 그래도 시원치 못하였다. 그는 벙어리가 새로 갈아 놓은 낫을 들고 달려왔다. 그는 그 시퍼렇게 날선 낫을 번쩍 들 었다. 그래서 벙어리를 찌르려 할 때 벙어리는 한 팔로 그것을 받았고 집안사람들은 달려들었다. 벙어리는 낫을 뿌리쳐 저리 로 내던졌다.

주인은 집안이 망하였다고 사랑에 누워서 모든 일을 들은 체 만 체 문을 닫고 나오지를 아니하며, 집안에서는 색시를 쫓는다 고 야단이다.

그날 저녁에 벙어리는 다시 끌려 나왔다. 그때에는 주인 새서 방이 그의 입던 옷과 신을 주며 눈을 부릅뜨고 손을 멀리 가리 키며,

"가! 인제는 우리 집에 있지 못한다."

하였다. 이 소리를 듣는 벙어리는 기가 막혔다. 그에게는 이 집 외에 다른 집이 없다. 살 곳이 없었다. 자기는 언제든지 이 집에 서 살고 이 집에서 죽을 줄밖에 몰랐다. 그는 새서방님의 다리 를 끼어안고 애걸하였다. 말도 못하는 것을 몸짓과 표정으로 간 곡한 뜻을 표하였다. 그러나 새서방님은 발길로 지르고 사람을 불렀다.

"이놈을 좀 내쫓아라."

벙어리는 죽은 개 모양으로 끌려 나갔다. 그리고 대갈빼기를

개천 구석에 들이박히면서 나가 곤드라졌다가 일어서서 다시 들어오려 할 때에는 벌써 문이 닫혀 있었다. 그는 문을 두드렸다. 그의 마음으로는 주인 영감을 찾았으나 부를 수가 없었다. 그가 날마다 열고 날마다 닫던 문이 자기가 지금은 열려고 하나 자기를 내쫓고 열리지를 않는다. 자기가 건사하고 자기가 거두던 모든 것이 오늘에는 자기의 말을 듣지 않는다. 어려서부터 지금까지 모든 정성과 힘과 뜻을 다하여 충성스럽게 일한 값이 오늘에는 이것이다.

그는 비로소 믿고 바라던 모든 것이 자기의 원수란 것을 알았다. 그는 모든 것을 없애 버리고 자기도 또한 없어지는 것이 나을 것을 알았다.

그날 저녁, 밤은 깊었는데 멀리서 닭이 우는 소리와 함께 개 짖는 소리뿐이 들린다. 난데없는 화염이 벙어리 있던 오 생원의 집을 에워쌌다. 그 불을 미리 놓으려고 준비하여 놓았는지 집 가장자리로 쪽 돌아가며 흩어 놓은 풀에 모조리 돌라붙어 공중에서 내려다보면 집의 윤곽이 선명하게 보일 듯이 타오른다.

불은 마치 피 묻은 살을 맛있게 잘라먹는 요마(妖魔)의 혓바닥처럼 날름날름 집 한 채를 삽시간에 먹어 버리었다. 이와 같은 화염 속으로 뛰어 들어가는 사람이 하나 있으니 그는 다른 사람이 아니라 낮에 이 집을 쫓겨난 삼룡이다. 그는 먼저 사랑

에 가서 문을 깨뜨리고 주인을 업어다가 밭 가운데 놓고 다시 들어가려 할 제, 그의 얼굴과 등과 다리가 불에 데어 쭈그러져 드는 것을 알지 못하였다.

그는 건넌방으로 뛰어들었다. 그러나 색시는 없었다. 다시 안방으로 뛰어들었다. 그러나 또 없고 새서방이 그의 팔에 매달리어 구원하기를 애원하였다. 그러나 그는 그것을 뿌리쳤다. 다시 서까래에 불이 붙어 시뻘겋게 타면서 그의 머리에 떨어졌다. 그러나 그는 그것을 몰랐다. 부엌으로 가 보았다. 거기서 나오다가 문설주가 떨어지며 왼팔이 부러졌다. 그러나 그것도 몰랐다. 그는 다시 광으로 가 보았다. 거기도 없었다. 그는 다시 건넌방으로 들어갔다. 그때야 그는 색시가 타 죽으려고 이불을 쓰고 누워 있는 것을 보았다. 그는 색시를 안았다. 그리고는 길을 찾았다. 그러나 나갈 곳이 없었다. 그는 하는 수 없이 지붕으로 올라갔다. 그는 비로소 자기의 몸이 자유롭지 못한 것을 알았다. 그러나 그는 자기가 여태까지 맛보지 못한 즐거운 쾌감이 자기의 가슴에서 느껴지는 것을 알았다. 색시를 자기 가슴에 안았을 때 그는 이제 처음으로 살아난 듯하였다. 그가 자기의 목숨이 다한 줄 알았을 때, 그 색시를 내려놓을 때에는 그는 벌써 목숨이 끊어진 뒤였다. 집은 모조리 타고 벙어리는 색시를 무릎에 뉘고 있었다.

그의 울분은 그 불과 함께 사라졌을는지! 평화롭고 행복스러
운 웃음이 그의 입 가장자리에 엷게 나타났을 뿐이다.

# 뽕

1

안협집이 부엌으로 물을 길어 가지고 들어오매 쇠죽을 쑤던 삼돌이란 머슴이 부지깽이로 불을 헤치면서,

"어젯밤에는 어디 갔었던고?"

하며, 불밤송이 같은 머리에 왜수건을 질끈 동여 뒤통수에 슬쩍 질러 맨 머리를 번쩍 들어 안협집을 훑어본다.

"남 어디 가고 안 가고 님자가 알아 무엇할 게요?"

안협집은 별 꼴사나운 소리를 듣는다는 듯이 암상스러운 눈을 흘겨보며 톡 쏴 버린다.

조금이라도 염량이 있는 사람 같으면 얼굴빛이라도 변하였을 것 같으나 본시 계집의 궁둥이라면 염치없이 추근추근 쫓아

다니며 음흉한 술책을 부리는 삼십이나 가까이 된 노총각 삼돌이는 도리어 비웃는 듯한 웃음을 웃으면서,

"그리 성낼 게야 무엇 있습나? 어젯밤에 안줜 심바람으로 님자 집을 갔었으니깐두루 말이지."

하고 털 벗은 송충이 모양으로 군데군데 꺼칫꺼칫하게 난 수염을 숯검정 묻은 손가락으로 두어 번 쓰다듬었다.

"어젯밤에도 김 참봉 아들네 사랑방에서 자고 왔습네그려."

삼돌이는 싱긋 웃는 가운데에도 남의 약점을 쥔 비겁한 즐거움이 나타났다.

"무엇이 어쩌고 어째, 이 망나니 같은 놈……."

하는 말이 입 밖까지 나왔던 안협집은 꿀꺽 다시 집어삼키면서,

"남 어데 가 자든 말든 상관할 것이 무엇인고!"

하며, 물동이를 이고서 다시 나가려 하니까,

"흥! 두구 보소. 가만있을 줄 알았다가는……."

"듣기 싫어! 별 꼬락서니를 다 보겠네."


2


강원도 철원(鐵原) 용담(龍潭)이라는 곳에 김삼보라는 자가

있으니 나이는 삼십오륙 세나 되었고, 키는 작달막하여 목은 다 가붙고 얼굴빛은 노르께하며 언제든지 가죽창 박은 미투리에 대갈편자를 박아 신고 걸음을 걸을 적마다 엉덩이를 내저으므로 동리에서는 그를 '땅딸보 김삼보', '아편쟁이 김삼보', '오리 궁둥이 김삼보'라고 부르는데 한 달에 자기 집에 붙어 있는 날이 이틀이라면 꽤 오래 있는 셈이요, 하루라면 예사다. 그리고는 언제든지 나돌아 다니므로 몇 해 전까지도 잘 알지 못하였으나 차차 동리서 소문이 돌기를 '노름꾼 김삼보'라는 말이 퍼지자 점점 알아본즉 딴은 강원도, 황해도, 평안도 접경을 넘어 다니며 골패 투전으로 먹고 지내는 것이 알려지게 되었다.

그 노름꾼 김삼보의 여편네가 아까 말하던 안협집이니 안협(安峽)은, 즉 강원, 평안, 황해, 삼도 품에 있는 고읍의 이름이다.

그 안협집을 김삼보가 얻어 오기는 지금으로부터 오 년 전, 안협집이 스물한 살 되던 해인데 어떻게 해서 얻었는지 자세히는 알지 못하나 사람들의 말을 들으면 술 파는 것을 눈을 맞추어서 얻었다고 하기도 하고, 계집이 김삼보에게 반해서 따라왔다기도 하고, 또는 그런 것 저런 것도 아니라 계집의 전 남편과 노름을 해서 빼앗았다고도 하는데 위인 된 품으로 보아서 맨 나중 말이 가장 유력할 것 같다고 동리 사람들이 말을 한다.

처음에 안협집이 동리에 오자, 그 동리 그 또래 계집들은 모두 석경을 들여다보게 되었다. 안협집이 비록 몸은 그리 귀하게 태어나지 못하였으나 인물이 남달리 고운 점이 있어, 동리 젊은 것들이 암연히 부러워도 하고 질투도 하게 되고 또는 석경 속에 비친 자기네들의 예쁘지 못한 얼굴을 쥐어뜯고 싶기도 하였으니 지금까지 '나만 한 얼굴이면' 하는 자만심이 있던 젊은 계집들에게 가엾게도 자가 결함(自家缺陷)이 폭로되는 환멸을 느끼게 하기까지도 하였다.

그러나 촌구석에서 아무렇게 자란 데다가 먼저 안 것이 돈이었다.

'돈만 있으면 서방도 있고 먹을 것, 입을 것이 다 있지.' 하는, 굳은 신조는 자기 목숨을 내어놓고는 무엇이든지 제공하여 부끄러운 것이 없었다.

십오륙 세 적, 참외 한 개에 원두막 속에서 총각 녀석들에게 정조를 빌린 것이나, 벼 몇 섬, 돈 몇 원, 저고릿감 한 벌에 그것을 빌리는 것이 분량과 방법이 조금 높아졌을 뿐이요 그 관념은 동일하였다.

그리하여 이곳으로 온 뒤에도 동리에서 돈푼이나 있고 얌전한 젊은 사람은 거의 다 한 번씩은 후려내었으니 그것은 남자 편에서 실없는 짓 좋아하는 이에게 먼저 죄가 있다 하는 것보다도 이쪽 안협집에게 그 책임이 더 있다고 할 수 있고, 또 그것보다 더 큰 죄는 그 남편 되는 노름꾼 김삼보에게 있다고 할 수가 있으니 그것은 남편 노름꾼이 한 달에 한 번을 올까 말까 하면서도 올 적에는 빈손을 들고 오는 때가 많으니 젊은 계집 혼자 지낼 수가 없으매 자연히 이 집 저 집 동리로 다니며 품방아도 찧어 주고 김도 매 주고 진일도 하여 주며 얻어먹다가, 한 번은 어떤 집 서방님에게 실없는 짓을 당하고 쌀말과 피륙 두 필을 받아 보니 그것처럼 좋은 벌이가 없어 차츰차츰 이번에는 자기가 스스로 벌이를 시작하여 마치 장사하는 사람이 거래 단골을 트듯이 이 사람 저 사람을 집어 먹기 시작하더니, 그것도 차차 눈이 높아지니까 웬만한 목도꾼 패장이나 장돌림, 조금 올라가서 순사 나리쯤은 눈으로 거들떠보지도 않게 되고, 적어도 그곳에서는 돈푼도 상당하고 여간해서 손아귀에 들지 않는다는 자들을 얼러 보기 시작하게 되었던 것이다.

그 후부터는 일하지 않고 지내며 모양내고 거드름 부리고 다니는데 자기 남편이 오면은,

"이번에는 얼마나 땄습노?"

하고, 포르께한 눈을 사르르 내려뜬다.

"딴 게 뭔가, 밑천까지 올렸네."

삼보는 목 뒤를 쓰다듬으며 입맛을 다신다. 그러면 안협집은 전에 없던 바가지를 긁으며,

"불알 두 쪽을 달구서 그래 계집만두 못하다는 말요?"

하고서, 할 말 못 할 말을 불어서 풀을 잔뜩 죽여 놓은 뒤에는 혹시 서방이 알면 경이 내릴까 하여 노자랑 밑천 푼을 주어서 배송을 낸다. 그러면 울며 겨자 먹기로 삼보는 혼자 한숨을 쉬며,

"허허, 실상 지금 세상에는 섣부른 불알보다는 계집 편이 훨씬 나니라."

하고 봇짐을 짊어지고 가 버린다.

3

이렇게 이삼 년을 지내고 난 어느 가을에 삼돌이란 놈이 그 뒷집 머슴으로 왔는데 놈이 어느 곳에서 어떻게 빌어먹던 놈인지는 모르나 논맬 때 콧소리나마 아리랑타령 마디나 똑똑히 하고 술잔이나 먹을 줄 알며, 동료들 가운데 나서면 제법 구변이나 있는 듯이 떠들어 젖히는 것이 그럴듯하고 게다가 힘이 세어서 송아지 한 마리 옆에 끼고 개천 뛰기는 밥 먹듯 하는 까닭에 동리에서는 호랑이 삼돌이로 이름이 높다.

놈이 음침하여 오던 때부터 동리 계집으로 반반한 것은 남모르게 모두 건드려 보았으나 안협집 하나가 내내 말을 듣지 않으

므로 추근추근 귀찮게 구는데 마침 여름이 되어 자기 집주인 마누라가 누에를 놓고 혼자는 힘이 드니까 안협집을 불러서 같이 누에를 길러 실을 낳거든 반분하자는 약속을 한 후 여름내 같이 누에를 치게 된 것을 알고 어떤 틈 기회만 기다리며,

"흥, 계집년이 배때가 벗어서 말쑥한 서방님만 얼르더라. 어디 한 번 두고 보자. 너도 깩소리 못하고 한 번 당해야 할걸! 건방진 년!"

하고는 술잔이나 취하면 주먹을 들었다 놓았다 한다.

그러자 집주인 마누라가 치는 누에가 거의 오르게 되자 뽕이 떨어졌다. 자기 집 울타리에 심은 뽕은 어림도 없이 다 따다 먹이었고, 그 후에는 삼돌이란 놈을 시켜서 날마다 십 리나 되는 건넛말 일갓집 뽕을 얻어다 먹이었으나 그것도 이제는 발가숭이가 되게 되었다. 인제는 뽕을 사다 먹이는 수밖에 없게 되었다. 그러나 사다가 먹이자면 돈이 든다. 주인 노파는 담뱃대를 물고서 생각하여 보았다.

'개량 뽕이 좋기는 좋지마는 돈을 여간 받아야지. 그리고 일일이 사서 먹이려다가는 뽕 값으로 다 들어가고 남는 것이 어디 있나.'

노파 생각에는 돈 한 푼 안 들이고 공짜로 누에를 땄으면 좋을 것이다. 돈 한 푼을 들인다 하면 그 한 푼이 전 수확에서 나

오는 이익의 전부같이 생각되어 못 견디었다. 그뿐 아니라 자기 혼자 이익을 먹는 것 같으면 모르거니와 안협집하고 동사로 하는 것이므로 안협집이 비록 뼈가 부서지도록 일을 한다 하더라도 그 힘이 자기 주머니에서 나가는 돈 한 푼만 못해 보인다. 그래서 뽕을 어떻게 공짜로, 돈 안 들이고 얻어 올 궁리를 하고 있다가 안협집이 마침 마당으로 들어서매,

"뽕 때문에 일났구려."

하며 안협집에게 무슨 도리가 없느냐고 물어보았다.

"글쎄."

안협집 생각은 주인의 마음과 또 달라서 남의 주머니 돈 백 냥이 내 주머니 돈 한 냥만 못하다. 그래서 '돈 주면 살걸.' 하는 듯이 심상하게 있다.

"어떻게 해서든지 구해 와야지."

서로 얼굴만 쳐다볼 때, 들에 나갔던 삼돌이란 놈이 툭 튀어 들어오다가 이 소리를 듣더니 제 딴은 동정하는 표정으로,

"그것 일 났쇠다. 어떻게 하나……."

한참 허리를 짚고 생각을 해 보더니,

"형! 참 그 뽕은 좋더라마는 똑 되기를 미선 조각같이 된 놈이 기름이 지르르 흐르는데 그놈을 먹이기만 하면 고치가 차돌같이 여물 거야!"

들으라는 말인지 혼잣말인지는 모르나 한마디를 탁 던지고 말이 없다. 귀가 반짝 띈 주인은,

"어디 그런 것이 있단 말이야?"

하며 궁금증 난 사람처럼 묻는다.

"네, 저 새술막에 있는 뽕밭에 있는 것 말씀이오."

혹시 좋은 수가 있을까 하려다가 남의 뽕밭, 더구나 그것으로 살아가는 양잠소 뽕이라 말씨름만 하는 것이 될 것 같으므로,

"응! 나도 보았지, 그게 그렇게 잘 되었나? 잘 되었겠지. 그렇지만 그런 것이야 짐으로 있으면 무엇 하나."

"언제 보셨어요?"

"보기야 여러 번 보았지. 올봄에 두릅 따러 갔다가도 보고."

삼돌이란 놈이 한참 있다가 싱긋 웃더니 은근하게,

"쥔마님! 제가 뽕을 한 짐 져다 드릴 것이나 탁주 많이 주시려니까?"

듣던 중에도 그렇게 반가운 소리가 또 어디 있으랴.

"작히 좋으랴. 따 오기만 하면 탁주에다 젓이라도 담그마."

귀찮스런 삼돌이도 이런 때는 쓸 만하다는 듯이 안협집도 환심 얻으려는 듯한 웃음을 웃으며 삼돌이를 보았다. 삼돌이는 사내자식의 솜씨를 네 앞에 보여 주리라 하는 듯이 기운이 나며 만족하였다.

그날 밤 저녁을 먹고 자정 때나 되었을 때, 삼돌이는 눈을 비비며 일어나서 문밖으로 나갔다. 나갔다가 한 두어 시간 만에 무엇인지 지고 오더니 그것을 뒤꼍 건넌방 뒤 창 밑에 뭉뚱그려 놓았다.

이튿날 보니까 딴은 미선쪽 같은 기름이 흐르는 뽕잎이었다.

"어디서 났을꼬?"

주인하고 안협집은 수군수군하였다.

"그 녀석이 밤에 도둑질 해 온 게지? 뽕은 참 좋소, 그렇지?"

"참 좋쇠다. 날마다 이만큼씩만 가져오면 넉넉하게 먹이겠소이다."

두 사람은 뽕을 또 따 오지 않을까 봐 아무 말도 아니하고,

"참 뽕 좋더라. 오늘도 좀 또 따 오렴."

하고 충동인다. 놈은 두 손을 내저으며,

"쉬, 떠드시지 맙쇼. 큰일 나죠. 그것이 그렇게 쉬워서야 그 노룻만 하게요. 까딱하다가는 다리 마디가 두 동강 날걸요."

도둑해 온 삼돌이나 받아들인 두 사람이나 '도둑질했소!' 하는 말은 없으나 서로 알고 있다.

그러자 하루는 주인이 안협집더러,

"여보, 이번에는 임자가 하루 저녁 가 보구려. 그놈이 혹시 못 가게 되더래도 임자가 대신 갈 수 있지 않수. 또 고삐가 길면은

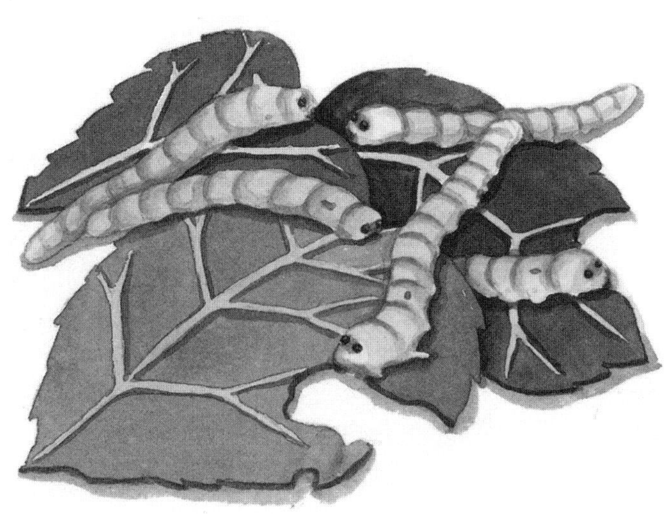

바래인다구 무슨 일이 있을는지 모르니 임자가 둘이 가서 한몫 많이 따 오는 것이 좋지 않수.”

안협집이 삼돌이를 꺼리는 줄 알지마는 제 욕심에 입맛이 달아서 자꾸자꾸 충동인다.

“따다가 잡히면 어찌하구유?”

“무얼! 밤중에 누가 알우? 그리고 혼자 가라오, 삼돌이란 놈하고 가랬지.”

“글쎄 운이 글러서 잡히거나 하면 욕이지요.”

잡히는 것보다도 안협집의 걱정은 보기도 싫은 삼돌이란 녀석하고 밤중에 무인지경에를 같이 가라니 그것이 딱한 일이다.

안협집의 정조가 헤프기로 유명한 만치 또 매몰스럽기도 유명하여 한 번 맘에 들지 않는 것은 죽어도 막무가내다. 그것은 만 냥 금을 주어도 거들떠보지도 아니한다. 그런데 삼돌이가 그 중에 하나를 참례하여 간장을 태우는 모양이다.

안협집은 생각하고 생각하여 결심해 버렸다.

‘빌어먹을 녀석이 그 따위 맘을 먹거든 저 죽이고 나 죽지. 내 기운은 없어도…….’

하고 쌀쌀하게 눈을 가로 뜨고 맘을 먹었다.

그리고는 뽕을 따러 가기로 하였다.

삼돌이는 어깨에서 춤이 저절로 추어진다.

“얘, 이것이 정말인가, 거짓말인가? 이제는 때가 왔구나. 인제는 제가 꼭 당했지.”

놈이 신이 나서 저녁 먹고, 마당 쓸고, 소여물 주고, 도야지, 병아리새끼 다 몰아넣고, 앞뒤로 돌아다니며 씻은 듯 부신 듯 다해 놓고, 목물하고 발 씻고, 등거리 잠뱅이까지 갈아입은 후 곰방대에 담배를 꾹꾹 눌러 듬뿍 한 모금 빨아 휘 내뿜으며 시간 오기만 기다린다.


4


안협집은 보자기를 가지고 삼돌이를 따라서 뽕밭을 향하여 간다.

날이 유달리 깜깜하여 앞의 개천까지 자세히 보이지 않는다. 돌부리가 발부리를 건드리면 안협집은 에구 소리를 내며 천방지축으로 다리도 건너고 논이랑도 지나고 하여 길반쯤 왔다.

삼돌이란 놈은 속으로 궁리를 하였다.

‘뽕을 따기 전에 논이랑으로 끌고 가? …아니지, 그러다가는 뽕두 못 따 가지고 오면 어떻게 하게……. 저도 열녀가 아닌 다음에 당하고 나면 할 말 없지. 아주 그런 버릇이 없는 년 같으

면 모르거니와……. 옳지, 수가 있어. 뽕을 잔뜩 따서 이어 주면 제가 항우의 딸년이라고 한 번은 중간에서 쉬렷다. 그러거든…….’

이렇게 궁리를 하다가 너무 말이 없으니까 심심파적도 될 겸 또는 실없는 농담도 좀 해서 마음을 좀 떠 보아 나중 성사의 전제도 만들어 놓을 겸 공연히 쓸데없는 말을 지껄인다.

“삼보는 언제나 온답데까?”

“몰라, 언제는 온다 간다 말이 있이 다니나.”

“그래 영감은 밤낮 나돌아 다니기만 하니 혼자 지내기 쓸쓸치도 않소?”

놈이 모르는 것같이 새삼스럽게 시치미를 뗀다.

“별걱정 다 하네. 어서 앞서 가, 나는 길이 서툴러 빨리 못 가겠으니…….”

“매우 쌀쌀하구려. 나는 님자를 위해서 하는 말인데. 그렇지만 김 참봉 아들이란 쇠귀신 같은 놈이라 아무리 다녀도 잇속 없습네. 내 말이 그르지 않지.”

안협집은 삼돌이가 아주 터놓고 말을 하는 것을 들으니까 분해서 뺨이라도 치고 싶었으나 그대로 참으며,

“무엇이 어째? 말이라면 다 하는 줄 아는군.”

하고, 뒤로 조금 떨어져 걸어갈 제 전에도 그 녀석이 미웠지마

는 남의 약점을 들어 가지고 제 욕심을 채우려는 것이 더 더러
웠다.

뽕밭에 왔다. 삼돌이란 놈이 철망으로 울타리한 것을 들어 주
어 안협집이 먼저 들어가고 나중으로 삼돌이란 놈은 그 무거운
다리를 성큼하여 안으로 들어갔다. 들어가다가 발끝에 삭정이
가지를 밟아서 딱 우지끈 소리가 나고 조용하였다.

삼돌이는 손에 익어서 서슴지 않고 따지마는 안협집은 익지
도 못한 데다가 마음이 떨리고 손이 떨려서 마음대로 안 된다.

삼돌이는 뽕을 따면서도 있다가 안협집을 꾀일 궁리를 하지
마는 안협집은 이것저것을 잊어버리고 손에 닥치는 대로 뽕을
땄다.

얼마쯤 땄다. 갑자기 안협집의 뒤에서,

"누구야!"

하고 범 같은 소리를 지르는 남자 소리가 안협집의 간담을 서늘
하게 하였다.

삼돌이란 놈은 길이나 되는 철망을 어느 결에 뛰어넘었는지
십여 간통이나 달아나서 안협집을 불렀다.

"어서 와요! 어서, 어서!"

그러나 안협집은 다리가 떨려서 빨리 나와지지를 않는다. 그
러나 죽을힘을 다하여 달아나려고, 한 아름 잔뜩 따 넣었던 뽕

을 내던지고 철망으로 기어 나왔다. 철망을 기어 나오기는 나왔으나 치맛자락이 걸려서 잡아당긴다. 거기에 더 질겁을 해서 그대로 쭉 찢고 나오려 할 때, 때는 이미 늦었다. 뽕 지키던 남자는 안협집을 잡았다.

"이 도둑년! 남의 뽕을 네 것같이 따 가? 온 참, 이년! 며칠째냐, 벌써? 이렇게 남의 것이라고 건깡깡이로 먹으면 체하지 않을 줄 알았더냐? 저리 가자."

안협집은,

"살려 주소, 제발 잘못했으니 살려만 주소. 나는 오늘이 처음이오. 저 삼돌이란 놈이 날마다 따 갔지 나는 죄가 없쇠다."

하고, 손이 발이 되도록 빈다.

"듣기 싫어, 이년아! 무슨 변명이냐. 육시를 하고도 남을 년 같으니. 왜 감옥소의 콩밥 맛이 고소하더냐?"

"그저 잘못했습니다."

삼돌이는 보이지 않고 뽕지기는 안협집 손목을 끌고 뽕밭으로 들어갔다.

"이리 와! 외양도 반반히 생긴 년이 무엇이 할 게 없어 뽕서리를 다녀."

하더니 성냥불을 그어 대고 안협집을 들여다보더니,

"흥!"

의미 있는 웃음을 웃어 버렸다.

안협집은 이 웃음에 한 가닥 희망을 얻었다. 그 웃음은 안협집의 손아귀에 자기를 갖다 쥐어 준다는 웃음이다. 안협집은 따라서 방싯 웃었다. 그 웃음 한 번이 넉넉히 뽕지기의 마음을 반 이상이나 흰 죽 풀어지게 하였다.

안협집은 끌려갔다.

'제가 철석같은 간장을 가진 놈이 아닌 바에……. 한 번이면 놓아 줄걸.'

그는 자기의 정조를 팔아서 자기의 죄를 면할 수 있음을 알았다. 그는 마지 못하는 체하고 끌려갔다.

삼돌이란 놈은 멀리서 정경만 살피다가 안협집을 뽕지기가 데리고 가는 것을 보더니 두 눈에서 쌍심지가 돋았다.

"애, 이놈이 호랑이 삼돌이를 모르는 모양이다. 그러나 대관절 어떻게 할 셈이냐? 이놈 안협집만 건드려 보아라. 정강마루를 두 토막에다 내놀 터이니. 오늘 밤에는 꼭 내 것이던 걸 그랬지. 어디 좀 가까이 좀 가 볼까?"

이제는 단판씨름이라 주먹이 시비 판단을 하는 때이다. 다시 철망을 넘어서 들어갔다. 들어가서는 이곳저곳 귀를 기울이더니 이 구석 저 구석으로 돌아다녀 보았다.

저쪽에서 인기척이 웅얼웅얼하더니 아무 말이 없다. 한 두서

너 시간 그 넓은 뽕밭을 헤매고 또 거기 닿은 과목밭, 채마전, 나중에는 그 옆 원두막까지 가 보았다. 놈이 뽕나무밭 가운데 부풀덤불을 보지 못한 까닭이다.

그는 입맛만 다시면서 집으로 와서 주인에게 그 이야기를 했다. 노파의 눈은 등잔만 해지더니 두 손, 두 다리가 사시나무 떨 듯 한다.

"이거 일 났구나. 어쩌면 좋단 말이냐."

좌불안석을 할 제 삼돌이란 녀석은 분한 생각에 곰방대만 똑똑 떨고 앉았다.


5


그날 새벽에 안협집은 무사히 왔다. 머리에 지푸라기가 묻고 몸매무시가 말이 아니다.

"에그, 어떻게 왔어? 응?"

주인은 눈에 눈물이 괴어서 어루만진다.

"무얼 어떻게 와요? 밤새도록 놈하고 승강이를 하다가 그대로 왔지."

"그대로 놓아 주던가?"

"놓아 주지 않고, 붙잡아 두면 어찌할 테야?"

일이 너무 싱겁다. 삼돌이란 놈만 혼잣말처럼,

"내가 잡혔더면 콩밥을 먹었을걸. 여편네니까 무사했지."

주인은 그래도 미진해서,

"그래, 잘 놓아 주었으니 다행이지. 그러나저러나 뽕은 어떻게 되었소?"

"아! 뺏겼죠!"

"인제는 아무 일 없겠소?"

"일이 무슨 일예요."

그날 밤에 삼돌이란 놈은 혼자 앉아서 생각하기를,

'복 없는 놈은 하는 수가 없거든. 그러나 내가 다 눈치를 채었으니까, 노름꾼 놈이 오거든 이르겠다고 위협을 하면 년도 발이 저려서 그대로는 못 있겠지. 내 입을 안 씻기고 될 줄 아는 게로구먼.'

그 후부터는 삼돌이란 놈이 안협집을 보고는,

"뽕지기 놈을 보고 싶지 않습나?"

하고 오가며 맞대 놓고 빈정대기도 하고 빗대 놓고도 비웃는다.

"뽕이나 또 따러 가소."

이러는 바람에 온 동리에서 다 알았다. 안협집은 분해서 죽겠는데, 하루는 삼돌이란 놈이 막 안협집이 이불을 펴고 누우려는

데 찾아와서 추근추근 가지도 않고,

“삼보 김 서방이 올 때도 되었습네그려.”

하며, 눈치를 본다. 안협집은 졸음이 와서 눈꺼풀이 뻣뻣하여 오는데 삼돌이란 놈이 가지도 않는 것이 귀찮아서,

“누가 아우? 오고 싶으면 오고 가고 싶으면 가겠지.”

하고, 담벼락에 비스듬히 기대앉는다.

삼돌이의 눈에는 그 고단해하면서 비스듬히 누워서 눈을 감을락말락한 안협집의 목덜미 살찌기며 볼그레한 두 볼이 몹시 정욕을 일으킨다.

그래서 차츰차츰 말소리가 음흉해 간다.

“님자는 사람을 너무 가려 봅디다. 그러지 마슈. 나도 지금은 남의 집 머슴놈이지마는 집안 지체라든지 젊었을 적에는 그래도 행세하는 집에서 났더라우. 지금은 그놈의 원수스런 돈 때문에 이렇게 되었지마는…….”

하고, 말을 건네려 하는데, 안협집은 별 시러베자식 다 보겠다는 듯이 대답이 없다.

“자, 그럴 것 있소. 오늘은 내 청을 한 번 들어주소그려.”

하고, 바싹 달려드는 바람에 반쯤 감았던 안협집의 눈은 똥그래지며 어느 결에 삼돌의 뺨에 손뼉이 올라가 정월의 떡 치듯 철썩한다.

"이놈! 아무리 쌍녀석이기로 이게 무슨 버르장머리냐. 냉큼 가거라!"

하고 호령이 추상같다. 삼돌이란 놈은 따귀를 비비면서 성이 꼭 두까지 일어나서,

"무엇이 어쩌고 어째. 횡! 어디 또 한 번 때려 봐라."

일이 이렇게 되었으니 자기가 하려던 것은 이루고 마는 것이 상책이다. 이래도 소문은 날 것이요, 저래도 소문은 날 것이니 이왕이면 만족이나 채우고 소문이 나더라도 나는 것이 자기에게는 이로울 것 같았다.

더구나 안협집으로 말을 하자면 온 동리에서 판 박아 놓은 화냥년이니 한 번 화냥이나 두 번 화냥이나, 남이나 내가 무엇이 다를 것이 있으랴 하는 생각이 났다. 도리어 자기의 만족을 한 번 얻는 것이 사내자식으로서의 일종의 자랑인 것같이 생각되었다.

그는 두 팔로 안협집을 힘껏 끼어안고,

"내가 호랑이 삼돌이다! 네가 만일 내 말을 들으면 무사하겠지만 그렇지 않으면 그대로 두지 않을 터이야! 네 남편이 오기만 하면 모조리 꼬아바칠 터이야! 뽕 따러 갔던 날 일까지 모조리!"

무식한 놈이라 야비한 곳이 있다. 안협집은 그 소리가 얼마나

사내답지 못하였는지 알 수 없었다. 쇠 같은 팔이 자기 허리를 누를 때 눈을 감고 한 번만 허락할까 하려다가 그 말을 듣고서 고만 침을 얼굴에 뱉었다.

"이 더러운 녀석! 네가 그까짓 것으로 나를 위협한다고 말을 들을 줄 아니."

하고 소리를 질렀다. 삼돌이는 손으로 안협집의 입을 막았으나 때는 늦었다. 마침 마을 다녀오던 이장의 동생이 이 소리를 듣고 문을 열었다.

삼돌이란 놈은 무안해서 얼굴이 붉어지며 안협집을 놓았다. 안협집은 분해서 색색거리며,

"저놈 보시소. 아닌 밤중에 혼자 자는데 와서 귀찮게 굽니다. 저 죽일 놈이요. 좀 끌어내다 중치(重治)를 좀 해 주시오."

이장의 동생은 안협집의 행실을 잘 아는 고로 삼돌이만 보내려고,

"이놈이 할 일이 없거든 자빠져 자기나 하지, 왜 아닌 밤중에 남의 계집의 방에서 지랄이야? 냉큼 네 집으로 가거라!"

두 눈이 등잔만 하여진다.

"네, 그런 게 아니라, 실없이 기롱을 좀 했삽더니……."

"듣기 싫어! 공연히 어름어름하면서, 이놈아, 너는 사람을 죽여도 기롱으로 아느냐?"

삼돌이는 쫓겨났다. 이장의 동생은 포달을 부리며 푸념을 하는 안협집을 향하여,

"젊은것이 늦도록 사내 녀석들을 방에다 붙이니까 그런 꼴을 당하지."

"누가요?"

"고만둬! 어서 잠이나 자."

하며 문을 닫아 주고 가 버렸다.

6

삼돌이는 앙심을 먹었다. 안협집을 어떻게 해서든지 한 번 골리리라는 생각이 가슴속에 탱중하였다. 안협집은 독이 났다. 삼돌이란 놈 분풀이를 하려는 생각이 머리끝까지 올라왔다.

이튿날 동리에 소문이 났다.

"삼돌이란 놈이 뺨을 맞았다지! 녀석이 음침하니까."

"그렇지만 계집년이 단정하면 감히 그런 맘을 먹을라구!"

"그렇구 말구! 제 행실야 판에 박은 행실이니까."

"지가 먼저 꼬리를 쳤던 게지."

이 소리가 바람에 떠돌아 오자 안협집은 분하였다. 요조숙녀

보다도 빙설 같은 여자인데, 이런 누추한 소문을 듣는 것 같았다. 맘에 드는 서방질은 부정한 일이 아니요, 죄가 아니요, 모욕이 아니나 마음에 없는 놈에게 그런 소리를 듣고 당하는 것은 무서운 모욕 같았다.

그는 그 길로 삼돌의 주인마누라에게로 갔다.

"삼돌이란 녀석을 내쫓으소."

주인은 벌써 알아채었으나 안협집 편은 안 들었다. 다만 어루만지는 수작으로,

"무얼 내쫓을 것까지. 그만한 일에……. 그저 눈감아 두지."

"왜 눈을 감는단 말이요?"

주인은 속으로 웃었다.

'소 한 필을 달라면 줄지언정 삼돌이를 내놔?'

하였다.

"내쫓아선 무얼 하우, 또."

'어림없는 년! 네가 떠들면 떠들수록 네 밑구멍 들춰서 남 보이는 것.'이라는 듯이 쳐다보며 맨 나중으로 아주 잘라 말을 해 버렸다.

"나는 못 내보내겠소."

안협집은 분해서 집에 와서 머리를 쥐어뜯으며 울었다. 그리고 또 결심했다.

"두고 봐라. 너희까지 삼돌이를 싸고도니! 영감만 와 봐라."

하루는, 딴은 영감이 왔다. 안협집은 곤두박질하면서 맞았다.

"에그, 어서 오슈."

노름꾼 김삼보는 눈이 똥그래졌다. 무슨 큰 좋은 일이나 생긴 것 같았다. 딴 때와 유달리 반가워하는 것이 의심스럽고 이상하였다.

방에 들어앉자마자 얼마나 땄느냐는 말도 물어보지 않고 삼돌이란 놈에게 욕당할 뻔하였다는 말을 넋두리하듯 이야기하였다.

"사람이 분해서 죽겠구려. 이것도 모두 영감 잘못 둔 탓이야. 오죽 영감이 위엄이 없어 보이면 그따위 녀석이 그런 짓을 할라고…… . 영감이라고 있으나 없으나 마찬가지지, 일 년 열두 달 계집이 죽거나 살거나 내버려 두고 돌아만 다니니까…… ."

영감은 픽 웃었다.

"왜 내 잘못인가? 오죽 행실을 잘 가지면 그따위 녀석에게 그 꼴을 당한담."

김삼보는 분이 나지 않는 것도 아니었다. 그러나 계집의 소행을 짐작도 하려니와 그놈의 주먹도 아니 생각할 수가 없었다. 계집이 먹여 살리라는 말이 없고 이혼하자는 말만 없는 것이 다행해서 서방질을 해도 눈을 감아 주고 무슨 짓을 하든지 그저 코대답만 하여 주는 터이라 그런 소리가 귓전으로 들릴 뿐이다.

"내가 행실 잘못 가진 게 무어요?"

안협집은 분풀이라도 하여 줄 줄 알았더니 도리어 타박을 주므로 분한 데다 악이 났다.

"글쎄 무어야! 무엇? 어디 대 봐요! 임자가 내 행실 그른 것을 보았소. 어디 보았거든 본 대로 말을 하시우."

딴은 김삼보는 집어서 말할 것이 없었다. 그는 그저 그런 눈치만 채었지, 반박할 증거는 잡은 것이 없다.

"본 거나 다름없지!"

"무엇이 본 거나 다름없어? 일 년 열두 달 계집이 죽거나 살거나 내버려 두었다가 이제 와서 한다는 소리가 그거밖에 없어? 살기가 싫거든 그대로 살기 싫다고 그래, 사내답게. 왜 고만 냄새가 나지? 또 어디다가 계집을 얻어 논 게지."

"이년이 뒈지지를 못해서 기를 쓰나?"

"그렇다, 이놈아! 네까짓 녀석 아니면 서방 없을까 봐 그러니, 더러운 녀석!"

김삼보의 주먹은 안협집의 등줄기를 우렸다.

"이년, 그래도 잔소리야! 주둥이 좀 닥치지 못하겠니……."

이렇게 서로 툭닥거리며 싸우는 판에 뒷집에서 삼돌이란 놈이 이 소리를 듣고서 가장 긴한 척하고 달려왔다.

"삼보 김 서방, 언제 오셨소?"

하고, 마당에 들어섰다. 김삼보는 그놈의 상판을 보니까 참았던 분이 꼭두까지 올라온다. 삼돌이는 제법 웃음을 띠며,

"허허, 오래간만에 만나세서 내외분 싸움이 웬일이시우?"

어디서 한잔을 하였는지 얼굴이 불콰하다.

김삼보는 눈을 흘겨 뚫어지도록 삼돌이를 치어다보았다.

"이놈아! 남이사 내외 싸움을 하든 말든 참견이 무어야!"

삼돌이란 놈은 주춤하였다. 그는 비지 같은 눈곱이 낀 눈을 꿈벅꿈벅하더니,

"그렇게 역정 내실 것 무엇 있수. 말 좀 했기로……."

"이놈아 네가 아랑곳할 게 무어야?"

"아랑곳은 할 것 없어도 흥정은 붙이고 싸움은 말리랬으니까 말이오. 나는 싸움 좀 못 말린단 말이오?"

하고, 술 냄새를 풍기며 다가앉는다.

"이놈아! 술을 먹었거든 곱게 삭여!"

이번에는 삼돌이란 놈이 빌붙었다.

"나 술 먹고 어찌하든 김 서방이 관계할 게 무어요."

"이놈아! 남의 내외 싸움에 참견을 하니까 그렇지."

주고받다가 삼돌이의 멱살을 김삼보가 쥐었다.

"이 녀석, 네가 무슨 뻔뻔으로 이 따위 수작이냐? 내 계집 이

놈 왜 건드렸니?"

삼돌이는 조금 발이 저렸으나 속으로 흥 하고 웃었다.

"요까짓 게 누구 멱살을 쥐어? 앙징하게……."

하더니 김삼보의 팔을 잡아 마당에다가 내리갈기니 개구리 떨어지듯 캑 한다.

"요놈의 자식아! 내 말을 좀 들어 보고 말을 해! 네 계집 흠절을 모르고 뎀비기만 하면 강산이냐? 이 동리 반반한 사내양반 쳐 놓고 네 계집 건드리지 않은 놈이 없다. 이놈! 꼭 집어 말을 하라면 위에서 아래로 내리 섬기마. 이놈, 너도 계집 덕분에 노잣냥, 노름 밑천 푼 좋이 얻어 썼지. 그래 집이라고 오면서 받은 것이나마 옥양목버선 벌이나 얻어 가지고 가는 것은 모두 어디서 나온 것으로 아니? 요 땅딸보 오리궁둥아! 아무리 속이 밴댕이 같기로……. 그리고 또 들어 봐라. 나중에는 주워 먹다 못해서 뽕지기까지 주워 먹었다."

안협집이 파래서 달려든다.

"이놈! 네가 보았니!"

"보나 안 보나 일반이지."

"이 녀석, 네 말을 듣지 않으니까 된 말 안 된 말 주둥이질을 하는구나."

동리 사람들이 모여들었다. 안협집은 삼돌이에게 발악을 하고 김삼보는 듣고만 있다.

　한참 있더니 듣다듣다 못하는 듯이 삼돌이란 놈이 안협집에게로 달려들며,

　"이년이 뒈지려고 기를 쓰나?"

하고 주먹을 들었다.

　동리 사람들이 호령을 하고 말렸다.

　"이놈! 저리 얼른 가거라!"

　이놈은 변명을 하며 뻔딩겼다. 그러나 여러 사람에게 끌려 저리로 가 버렸다.

　사람이 헤어지자 노름꾼은 계집의 머리채를 잡았다.

　그는 삼돌이에게 태질을 당한 것이 분하였다. 그뿐 아니라 그렇게까지 계집년의 행실을 온 동리에서 아는 것이 분하였다.

　"이년! 더러운 년! 뽕밭에는 몇 번이나 나갔니?"

　발길로 지르고 주먹으로 패고 머리채를 잡아당기고 땅에다 질질 끌었다. 그는 이를 갈고 어쩔 줄을 몰랐다. 계집은 울고 발버둥질을 쳤다.

　"죽여라! 죽여!"

　"그럼 살려 줄 줄 아니? 이년! 들어앉아서 하는 게 그런 짓밖에는 없어?"

　김삼보는 자기의 무딘 팔다리가 계집의 따뜻하고 연한 몸에

닿을 때에 적지 않은 쾌감을 느끼었다. 그는 그럴수록 더욱 힘을 주어 저리도록 속에 숨겨 있던 잔인성이 북받쳐 올라왔다.

맞은 안협집은 당장에 죽을 것 같았다. 그는 생각하기를 이왕 이리된 바에야 모두 말해 버리고 저하고 갈라서면 고만이지 언제는 귀밑머리 풀고, 사주단자 보내고, 사당에 예배드린 내외냐. 저는 저고 나는 난데, 왜 이렇게 때리노? 하는 맘이 나며,

"이것 놔라! 내 말하마!"

하고, 머리를 붙잡았다.

"뽕밭에는 한 번밖에 안 갔다. 어쩔 테냐?"

삼보는 더욱 머리채를 잡아챘다.

"이년! 한 번?"

이번에는 더 때렸다. 안협집은 말한 것이 후회가 났다. 삼보는 그래도 거짓말을 한다고 그대로 엎어 놓고 짓밟았다. 안협집은 기절을 하였다. 삼보는 귀로 안협집의 숨소리를 들어 보았다. 그러나 숨소리가 없다. 그는 기겁을 하여 약국으로 갔다. 그의 팔다리는 떨렸다. 그가 의사에게서 약을 지어 가지고 왔을 때 안협집은 일어나 앉아 있었다. 삼보는 반갑기도 하고 분하기도 하여 약을 마당에 팽개쳤다. 그리고 밤새도록 서로 말이 없었다.

이튿날은 벙어리들 모양으로 말이 없이 서로 앉아 밥을 먹고,

서로 앉아 치어다보고, 서로 말만 없이 옷도 주고받아 갈아입고
하루를 더 묵어 삼보는 또 가 버렸다. 안협집은 여전히 동리 집
공청 사랑에서 잠을 잤다. 누에는 따서 삼십 원씩 나눠 먹었다.

나도향 [羅稻香, 1902. 3. 30. ~ 1926. 8. 26.]

나도향은 열아홉 살에 〈젊은이의 시절〉로 문단에 데뷔했다. 이후 단편 〈추억〉을 발표하면서 《백조》 동인으로 참가했다. 《백조》 동인에는 홍사용, 현진건, 이상화, 박영희, 박종화 등이 활동했는데, 대부분 시를 쓴 데 반해 나도향은 주로 소설을 썼다. 이 시기 대표 작품으로는 〈옛날 꿈은 창백하더이다〉가 있다.

나도향은 1923년에 〈17원 50전〉, 〈행랑 자식〉 등의 단편을 썼다. 나도향의 초기 소설들이 감상적인 경향을 많이 나타냈다면, 이 소설들은 감상적 경향보다는 사회 현실이 전면에 드러난 작품이라고 볼 수 있다.

1925년 나도향은 자신의 작품 중에서 가장 대표적으로 꼽을 만한 소설들을 발표한다. 7월에 《여명》에 〈벙어리 삼룡이〉를, 8월에 《조선 문단》에 〈물레방아〉를, 12월에 《개벽》에 〈뽕〉을 발표했다. 이들 작품에서 그는 어두운 현실을 사실적으로 묘사했다는 평가를 받는다.

◆**작품 개관**

나도향 작품 초기의 감상주의적인 경향을 잘 보여 주는 작품이다. 어머니와 아버지는 의견 대립 끝에 부부 싸움을 하고 '나'는 어머니와 함께 외갓집으로 간다. 인물들이 처한 현실의 구체적 생활상은 드러나지 않고, 인물들의 감정 묘사만이 주를 이루는 작품이다.

◆**주요 등장인물**

**나** 열두 살의 소년. 기독교계 학교를 다니고, 할머니도 독실한 신자이지만, 아버지와 할아버지는 종교에 냉담한 태도를 취한다.

쓸쓸한 가을날, 열두 살인 '나'는 학교에 다녀온다. 어머니와 집안일을 돌봐 주시는 할머니와 다섯 살 난 동생 그리고 주인공인 '내'가 함께 모여 밥을 먹는다. 갓 지은 밥을 함께 먹지만 '나'는 공연히 허전하고 쓸쓸하다. 할머니가 오시더니 교회에 헌금할 돈을 할아버지가 주시지 않아 다른 곳에서 돈을 빌렸다고 말씀하시고는 이내 가신다. 아버지는 밤늦게 오셔서 그 일에 대한 화풀이를 어머니에게 하다가 두 분이 다툰다. 어머니는 그 일로 나와 동생을 데리고 친정에 간다. 어머니는 처음에 친정 부모를 만나 하소연을 하려고 했지만, 점차 마음이 바뀌어 '나'에게 어제 일을 말하지 말라고 당부한다.



### 감상적이고 애상적인 분위기

이 작품이 발표된 해는 1921년으로, 이 시기는 우리나라가 일제 강점기로 고통 받을 때이다. 하지만 소설 속에는 이러한 역사적·사회적 분위기가 드러나지 않는다. 작품의 시작 부분에 드러난 쓸쓸한 가을날의 정서는 시대와는 아무런 연관이 없으며, 작품 전체의 내용에서도 현실의 구체적 모습을 엿볼 수 없다. 다만 인물이 느끼는 감상적인 정서가 작품 흐름을 주도한다.




### 어느 쓸쓸한 가을날의 일

소학교(현재의 초등학교) 사 학년에 재학 중인 주인공은 방과 후에 종종 산에 올라간다. 뒷동산에 올라가서 이런저런 생각을 하며 시간을 보내는 것이 그의 일이다. 그날도 '나'는 산에 있다가 동생이 부르는 소리에 내려와서 저녁을 먹는다. 할머니가 오셔서 교회 헌금 걱정을 하시고 가신 후, '나'는 잠이 들었다. 아버지는 밤에 오셔서 어머니와 다툰다. 다음날 어머니는 '나'와 동생을 데리고 친정으로 가며 화난 마음을 다독인다. 이 소설은 이렇듯 가을 어느 날에 일어난 일을 시간 순서로 풀어낸다.


◆**작품의 감상과 수용**

### 세밀한 정서 표현

작품 초반부에 나타난 표현들은 나도향의 초기 작품 경향을 고스란히 드러낸다. "쓸쓸스러운 붉은 감잎이 죽어 가는 생물처럼 여기저기 휘둘러서 휘날릴 때 말없이 오는 가을바람이 따뜻한 나의 가슴을 간질이고 지나가매, 나도 모르는 쓸쓸한 비애가 나의 두 눈을 공연히 울먹이고 싶게 하였다.”라는 문장은 감상적 경향이 다분히 드러나는 그의 작품 세계를 대변한다. 이런 점에 주목하며 소설을 읽으면 새로운 느낌을 받을 수 있다.



## 종교적 갈등과 자본주의의 유입

주인공 ‘나’의 할머니는 교회의 전도 부인이다. ‘나’도 기독교계 학교에 다닌다. 하지만 할아버지와 아버지는 종교에 대해 무관심하다. 이로 인해 가족 간에 갈등이 생긴다. 단순히 교회만 다닌다면 별 문제가 없겠지만, 할머니는 다른 이보다 헌금을 많이 내야 한다고 생각한다. 때문에 다른 사람에게 돈을 빌려서 헌금할 돈을 마련하기에 이른다. 이에 아버지와 어머니는 불만을 가진다. 소설의 내용은 종교로 인한 갈등과 더불어 자본주의적 경향이 사회를 물들이고 있음을 드러낸다.

## ◆작품 개관

이 소설은 작가의 현실 인식이 최초로 드러난 작품이다. 나도향은 〈행랑 자식〉에서 주인공 진태가 처한 상황과 심리 상태를 잘 표현하여, 가난과 신분적인 열세로 인해 억울함을 느끼는 주인공을 통해 사회 현실의 모순을 그렸다.

## ◆주요 등장인물

**진태** 행랑살이를 하는 하층 계급 소년. 행랑 자식이기에 여러 가지 수모를 겪으면서 세상살이에 대해 알게 된다.

## ◆줄거리

진태는 행랑에 살고 있는 소년이다. '행랑'이란 대문간에 붙어 있는 방을 말하며, 예전에는 주로 하인들이 거처하는 곳이었다. 〈행랑 자식〉에는 진태가 가난하고 신분이 낮은 처지이기 때문에 여러 가지 억울한 일을 겪는 하루가 그려진다. 진태는 하루에 두 번이나 매를 맞는다.

한 번은 눈을 치우다가 주인아저씨 신발에 눈을 쏟은 것으로, 또 한 번은 전당포에서 꾼 돈으로 쌀을 사 오다가 그것을 엎은 것으로 매를 맞은 것이다.

진태는 형편이 가난하지만, 주인집 밥을 얻어먹지 않고 전당포에서 돈을 꿀 때는 반 친구에게 그 모습을 들키기 싫어할 정도로 자존심이 강하다. 이런 성격의 진태가 억울하게 매를 맞는 상황에 몰리면서 점차 사회 현실에 눈뜨게 된다.


◆ **작가와 작품**

### 전환기의 작품 〈행랑 자식〉

나도향의 초기 작품은 사회 현실에 대한 묘사보다 감상적인 느낌을 서술하는 등 낭만적인 경향을 보인다. 나도향은 초기 작품 세계와는 전혀 다른 리얼리즘적 경향을 후기 작품에서 보여 주는데, 〈행랑 자식〉은 그 경계에 있는 작품이다.

나도향은 〈행랑 자식〉에서부터 점차 현실을 반영한 소설을 썼

으며, 여기에서 우리는 그의 작품 세계의 변모 양상을 들여다볼
수 있다.




### 하루 동안에 일어난 억울한 일들

이 소설은 주인공 진태가 하루 동안에 겪었던 일에 대한 이야기
를 담고 있다. 진태는 아침에 일어나서 눈을 쓸다가 주인집 아저
씨의 발등에 눈을 쏟는다. 온전히 진태의 잘못이 아님에도 불구
하고 그 일 때문에 진태는 매를 맞는다.

저녁때가 되었지만 집에는 밥을 할 쌀이 없다. 주인집에서 밥
을 같이 먹자고 부르지만, 진태는 고집을 부리고 가지 않는다.
보다 못한 어머니가 은비녀를 전당포에 맡기고 쌀을 사 오라고
심부름을 보낸다. 진태는 전당포에서 친구를 만나는데, 친구가
자신의 어려운 사정을 눈치챌까 봐 전전긍긍한다.

쌀을 사 가지고 집에 오는 도중 길바닥에 쌀을 쏟게 되고, 진
태는 두 번째 매를 맞는다. 소설 속에는 진태가 하루 동안에 겪
은 억울한 일들이 펼쳐진다.

◆작품의 감상과 수용

### 자존심 강한 인물, 진태의 심리 묘사

이 작품의 주인공은 진태라는 아이이다. 소설 속에서 진태는 억울한 일을 겪으며 자존심도 다친다.

아침에는 눈을 치우다가 주인집 아저씨에게 쏠는데, 그것은 주인집 아저씨가 다른 생각을 하면서 걸었기 때문이기도 하다. 그로 인해 혼이 난 진태는 "웬일인지 분한 생각이 났"고 주인집 딸인 또래 여자아이가 자신이 매를 맞는 것을 알게 된 것이 자존심 상했다. 때문에 주인집에서 밥을 먹으러 오라는 것도 거부한다.

또한 전당포에 돈을 꾸러 갔을 때에도 반 친구가 어려운 집안 사정을 알게 될까 봐 노심초사한다. 진태의 이런 심리들이 작품에 나타난 현실을 더욱 생생하게 드러낸다.


◆작품에 반영된 현실

### 끼니를 잇기 어려운 궁핍한 현실

이 작품에는 집에 쌀이 없어서 저녁밥을 하지 못하는 진태의 가정 형편이 나온다. 진태는 배가 고픈 나머지 어머니께 밥을 하지 않느냐고 묻는다. 이에 어머니는 밥도 불을 땔 나무가 있고 쌀이 있어야 한다며 타박을 한다.

　가족들은 아버지가 돈을 벌어 오기를 기다리지만 아버지는 빈
손으로 귀가한다. 어머니는 할 수 없이 시집올 때 가져왔던 은비
녀를 전당포에 맡기고 식량을 마련하려 한다. 밥 한 끼도 제대로
먹기 어려운 현실이 소설 속에서 여실히 드러난다.

◆**작품 개관**

이 소설은 가난한 미술 교사의 눈에 비친 궁핍한 사회 현실을 그리고 있다. 곤궁한 경제 상황으로 인해 느끼는 주인공의 심리와 주변 인물들의 상황이 나타나는 이 작품은 〈행랑 자식〉과 같은 해에 발표되었다.

◆**주요 등장인물**

A 화가이자 교사. 궁핍한 사회 현실로 인해 고뇌한다.

◆**줄거리**

A는 선생님인 C에게 편지를 보낸다. 그 편지에는 자신이 살아가면서 겪는 일들과 생각이 담겨 있다. A의 아내는 교사인 A의 월급

날에 아이의 모자를 사 달라고 한다. A는 친구 모임에 나갔다가 NC의 아내가 아프다는 말을 듣고 찾아간다. 하지만 NC의 아내는 세상을 떠나고 장례를 돕는다.

SO는 한 다리가 없는 장애인인데, 어머니와 단 둘이 살고 있다. SO는 A를 사모한다고 고백하지만, A는 거절한다. 어머니와 단둘이 사는 SO는 가난한 형편으로 살고 있던 집에서 쫓겨날 처지에 놓인다.

월급날, NC 아내의 장례로 학교에 나가지 못한 날의 수당을 제하고 보니 십칠 원 오십 전밖에 없다. A는 그 돈을 SO의 집에 놓고 나온다.




## 값 있게 쓴 월급

A가 받은 월급은 얼마 되지 않는다. 그가 원래 받아야 할 이십오 원에서 친구 아내 장례를 치르느라 출근하지 못한 날의 수당을 제하고 십칠 원 오십 전을 받았다. 그는 그 돈을 아이의 모자를 사거나 가정의 생활비로 지출하지 않는다. 물론 자신의 가정형편도 넉넉하지 않지만 자기보다 어려운 처지의 SO에게 월급을 준다. 이는 소설에서 표현된 곤궁한 처지의 사람들-구멍 뚫린 양

말을 신는 학생, 도화지 살 돈이 없어 숙제를 못한 학생-을 돕고
싶다는 작가의 의지이기도 하다.



◆**작품의 구조**

### A가 C 선생님께 보내는 편지

이 작품의 부제는 젊은 화가 A의 눈물 한 방울이다. 그리고 "사랑
하시는 C 선생님께 어린 심정에서 때 없이 솟아오르는 끝없는 느
낌의 한마디를 올리나이다."라는 문장으로 작품은 시작된다. 즉
화가이자 교사인 A가 자신의 스승인 C에게 보내는 편지 내용이
작품의 이야기를 구성하고 있다. 편지는 자신의 내밀한 생각과 감
정을 담아낸다. 따라서 편지 형식의 이 소설은 화자의 생각이 진
솔하게 표현되었다는 느낌을 준다.


◆**작품의 감상과 수용**

### 아이의 모자와 SO의 상황

A의 아내는 월급날에 아이의 모자를 사 달라고 말한다. A는 아내
의 말을 듣고 '화구도 살 것이 있고 책도 좀 사야 할 터인데.'라는
생각을 하지만, 모자를 사 줄 마음을 갖는다. 하지만 월급날 받은

돈을 어려운 처지의 SO에게 모두 준다. A가 월급을 십칠 원 오십 전밖에 못 받은 이유(친구 아내 장례식 때문에 수업을 하지 못했기 때문에)와 SO의 상황(다리가 불구이고 가정 형편이 어려움), 그리고 A가 월급을 SO에게 준 심리(자신도 강의료를 제대로 못 받을 정도로 어렵지만, 자기보다 더 어려운 처지의 SO를 가엾게 여김)를 생각하며 작품을 읽는 것이 바람직하다.

◆ **작품에 반영된 현실**

### 17원 50전이 말해 주는 사회의 빈곤

이 작품의 주인공 A는 미술 교사로 근무한다. 한 달 동안 일하고 월급을 받는데 손에 쥐어진 돈은 십칠 원 오십 전이다. 월급을 주는 회계도 "담뱃값이나 하"라며 돈을 건넨다. 월급을 주는 사람이나 받는 사람이나 적은 액수라는 것을 아는 것이다. 작품 제목이기도 한 '십칠 원 오십 전'은 화자가 처한 현실이자, 당시 사회의 빈곤한 상황을 잘 드러내는 액수이다.

◆**작품 개관**

이 작품은 1925년에 발표된 작품으로, 나도향의 대표작 가운데 하나이다. 경제적 차이에 의한 계급적 갈등과 함께 인간 본능에 대한 묘사가 두드러진다. 현실 문제에 대한 작가의 시각이 잘 드러난 작품이다.

◆**주요 등장인물**

**방원** 막실살이를 하는 남자. 정이 많지만 무뚝뚝하다. 경제적으로 무능하여 아내를 빼앗기고 비극적으로 생을 마감한다.

**방원의 아내** 인간 본능에 충실하며, 이해 타산적이다.

**신치규** 부도덕한 지주. 금력과 권력으로 방원의 아내를 유혹한다.

마을에서 가장 큰 부자이고 세력 있는 신치규는 자기 집 막실에 사는 이방원의 아내를 유혹한다. 아들만 낳아 주면, 다시 말해서 몸을 허락하면 무엇이든 네 뜻대로 하게 해 주겠다는 신치규의 꾀임에, 윤리 의식이 빈약한 방원의 아내는 넘어간다. 그리고 방원의 아내를 완전히 차지하기 위해 신치규는 이방원을 자기 집에서 내쫓으려고 한다. 이로 인해 이방원은 아내와 싸움을 하게 되고, 그날 저녁 신치규와 아내가 물레방앗간에서 같이 나오는 것을 목격한다. 분노에 찬 이방원은 신치규를 폭행하고 상해죄로 구속되어 석 달간 복역한다. 감옥에서 나온 이방원은, 그들을 살해할 생각으로 신치규의 집을 찾아가지만 마지막으로 한 번 더 아내의 본심을 물어본다. 그러나 이미 마음이 떠난 아내는 같이 도망치자는 이방원의 간청을 끝내 냉정하게 거절한다. 이에 이방원은 아내를 죽이고 자살한다.

◆작가와 작품

### 낭만주의와 사실주의의 결합

〈물레방아〉는 대체로 애정 문제와 현실 문제가 큰 틀을 이룬다. 이 중에서 애정 문제는 낭만적인 모습을 대변하고, 계급 갈등과 궁핍한 사회상의 제시 등 현실 문제는 사실주의적인 면모를 보여 준다. 작품 속에는 현실적 문제인 가난과 막실살이를 하는 이방원의 모습, 인간 본능으로서의 성의 문제가 골고루 그려져 있다. 경제적 차이에 의한 계층 의식과 인간 본능에 의한 갈등이 나타나는 것은, 나도향의 작품 세계를 그대로 반영한다고 볼 수 있다.


◆작품의 구조

### '물레방아'처럼 얽혀서 돌아가는 갈등 구조

이 작품은 경제적 차이에 의한 가진 자(신치규)와 가지지 못한 자(이방원)의 대립을 기본 축으로 이야기가 전개된다. 여기에 성적 욕망을 지닌 신치규와 물질에 대한 욕망을 가진 방원의 아내가 얽히면서 비극적으로 치달아 간다. 작품 제목인 '물레방아'는 사건이 일어난 장소인 동시에 인물들이 엮어 내는 갈등 구조를 상징한다.


◆작품의 감상과 수용

### 감각적 표현이 드러난 문체

작가는 이 작품에서 '덜컹덜컹, 쏼쏼쏼' 등의 의성어와 의태어를 사용하여 감각적으로 상황을 그렸다. 또한 인물들의 감정 표현을 작가에 의한 서술보다는 인물들의 대화를 통해 많이 드러내고 있다. 따라서 독자들은 직접 그 장면을 보고 있는 듯한 생생한 느낌을 받게 된다. "돈! 돈이 무엇이냐?" 등의 표현에서 알 수 있듯이 신파조의 표현도 눈에 띈다. 이는 1920년대 문학 작품과 영화, 연극 등에서 유행한 것으로 볼 수 있다.


### ◆ 작품에 반영된 현실

#### 경제력으로 구분되는 사회 계급

이 작품의 주인공인 이방원은 경제적으로 무능력하다. 그리고 방원의 아내는 경제적 이해 관계에 따라 쉽게 마음을 바꾼다. 이들 사이에 경제력으로 자신의 욕심을 채우려는 신치규가 등장하여 갈등이 생긴다. 작품 속에 애정 문제가 주를 이루는 것 같지만, 인물들의 갈등을 전개시키는 것은 결국 경제력의 차이인 셈이다. 이는 당시 사회에서 경제적 차이에 의해 사람들 간에 갈등이 생기고 있음을 반영한다고 볼 수 있다.

**벙어리 삼룡이**

**◆작품 개관**

이 작품은 1925년 《여명》에 발표된 작품으로 경제적, 신분상의 약점을 지닌 벙어리 삼룡이가 주인집 아씨에게 연모의 정을 품기 시작하면서 벌어지는 내용이다.


**◆주요 등장인물**

**삼룡이** 주인에게 충직하고 부지런한 벙어리 하인. 키가 작고 얼굴이 몹시 얽었으며 입이 크다.

**주인집 아들** 주인집의 삼대독자. 너무 귀엽게 길렀기 때문에 버릇이 없고 어리광을 부리며 포악한 행동을 많이 한다.

**주인아씨** 몰락한 양반집의 무남독녀. 인물이나 행동거지가 참하고 구김이 없다.

오 생원은 인심이 후한 양반이다. 그에게는 삼대독자 아들이 있는데 너무 귀엽게 길러서 성격이 포악하고 버릇이 없다. 그 집에는 충직하지만 말을 못하는 삼룡이라는 하인이 있었는데, 아들은 삼룡이를 항상 괴롭힌다.

오 생원의 아들이 결혼을 해서 들인 색시는 주인집 아들과는 달리 얼굴도 곱고 성품도 좋다. 동네 사람들은 새색시와 오 생원의 아들을 비교하고, 이에 주인집 아들은 새색시를 구박한다. 주인아씨를 연모하던 삼룡이는 아씨의 일을 도와주고, 아씨는 고맙다는 뜻으로 쌈지(동전 지갑)를 만들어 준다.

그러던 어느 날, 쌈지가 주인집 아들의 눈에 띄고 삼룡이는 쫓겨나게 된다. 주인집에 불이 나자, 삼룡이는 오 생원을 구하고 아씨를 구하려 하지만 나갈 길을 찾지 못한다. 결국 삼룡이는 아씨를 감싸 안으며 행복한 미소를 짓는다.




### '방화'가 갖는 의미

이 작품은 〈물레방아〉와 함께 나도향의 문학을 대표한다. 낭만적 경향도 어느 정도 보이지만, 현실에 대한 사실적 묘사들이 주를 이룬다. 벙어리인 삼룡이는 새색시에게 연모의 감정을 느끼면서 주인집 아들에 대해 반감을 갖는다. 이전에는 주인집 아들이 자신을 괴롭히는 것이 기분 나쁘면서도 웃으며 넘기지만, 이제는 그런 행동을 단호히 거부해야겠다고 느끼게 된 것이다. 또한 주인집 아들과 자신의 불합리한 관계가 계급 관계에서 오는 것임을 막연하게 알게 된다. 삼룡이는 주인집에 불을 지르면서 이러한 계급적 갈등을 극복하려는 의지를 드러낸다.

### ◆ 작품의 구조

#### '내'가 들려주는 이야기

이 소설의 주인공은 벙어리 삼룡이지만 이야기를 이끌어 가는 것은 삼룡이가 아니다. 작품 첫 부분에 '나'가 등장하여, 이 내용은 예전에 남대문 부근 마을에서 일어난 일임을 밝힌다. '십사오 년 전, 내가 열 살 즈음일 때 오 생원이라는 점잖은 양반이 있었는데, 그 집에는 말을 못하는 삼룡이라는 하인이 있었다.'라는 내용으로 작품이 시작된다.

따라서 독자들은 '나'라는 소설 속 화자가 직접 들려주는 이야기를 접하게 되며, 이는 소설 내용이 보다 생생하게 전달되는 특성을 갖게 된다.

### 입체적 성격의 인물 묘사

이 소설의 주인공인 삼룡이는 하인이다. 그는 주인집 아들이 괴롭혀도 아무 말도 못하고 그것이 잘못된 것이라는 생각도 하지 못한다. 그러던 중, 주인집 아들이 장가를 들면서 알게 된 주인아씨를 연모하게 된다. 주인아씨에 대한 마음이 깊어질수록 삼룡이는 주인집 아들의 행동에 대해 비판적 시각을 갖게 되고, 신분적 제약에서 벗어난 사고를 하게 된다. 이렇게 인물의 성격이 입체적으로 변모하는 과정을 살펴보는 것도 작품 감상에 도움이 된다.



### 소외된 인물의 비극적 상황

머슴 삼룡이는 하층 계급이며, 신체적으로도 장애가 있다. 외모도 뛰어나지 못해 사회적·경제적으로 약자에 속한다. 주인아씨도 몰락한 양반 집안에서 시집와서 힘이 없는 처지이다. 삼룡이와 주인아씨는 둘 다 주인집 아들에게 괴롭힘을 당한다. 둘은 점점 막다른 상황에 몰리고, 비극적인 결말을 맞이한다.

이는 사회적으로도 소외되고 힘없는 약자들이 처한 현실이 작품 속에서 간접적으로 드러난다고 볼 수 있다.

◆ **작품 개관**

이 작품에는 경제적 궁핍으로 인해 윤리 의식이 무너진 인물들의 모습이 그려져 있다. 안협집, 김삼보, 삼돌이 등의 인물은 모두 경제적 이익이 생긴다면, 그 외의 다른 것은 별로 상관하지 않는 모습을 보여 준다.

◆ **주요 등장인물**

**안협집** 인물이 곱고 돈을 중요시한다. 정조 관념이 별로 없다.

**김삼보** 안협집의 남편. "계집이 먹여 살리라는 말이 없"는 것이 다행이어서 아내가 서방질을 하는 것도 어느 정도 눈감는다.

**삼돌이** 동네의 소문난 바람둥이. 안협집의 약점을 쥐고 자기 욕심을 채우려 한다.

김삼보는 노름꾼으로 이곳저곳을 돌아다니며 노름을 하고 집에 잘 들어오지 않는다. 김삼보의 아내인 안협집은 뒷집 주인 여자가 누에를 같이 기르자고 하여 동업한다. 누에에게 먹일 뽕잎이 모자라자 이들은 삼돌이에게 뽕잎을 구해 달라고 부탁한다. 삼돌이는 안협집에게 욕심을 내고 있었으므로, 이들의 청을 받아들이고 뽕잎을 도둑질해서 가져온다. 하루는 삼돌이와 안협집이 같이 뽕잎을 도둑질하러 갔는데, 안협집만 붙잡히고 만다. 삼돌이는 이를 빌미로 안협집을 얻으려 하나 뜻을 이루지 못하고, 김삼보가 집에 왔을 때 부부 싸움의 빌미를 제공한다.

◆작가와 작품

### 독립적 인물의 창조

이 작품에서 안협집은 독립적인 인물로 창조되어 있다. 안협집은 비록 정조 관념이 희박하지만, 삼돌이는 끝끝내 거부한다. 또한 정조 관념이 약한 이유도 어릴 때부터의 궁핍한 환경 때문으로 제시되어 있다. 살아서 움직이는 듯한 성격의 인물은 이 작품의 완성도와 재미를 높이는 역할을 한다.

◆**작품의 구조**

### 순차적인 사건 전개

이 작품은 1에서 6까지 번호로 나뉘어져 사건이 전개된다. 1에서는 삼돌이가 안협집에게 추근대는 모습이 나온다. 2는 가정 살림에 관심이 없는 김삼보와 남편의 무능으로 근근이 생활을 이어 가는 안협집이 그려진다. 3에서는 뽕잎을 훔쳐 오는 삼돌이가, 4에서는 삼돌이와 안협집이 함께 뽕잎을 구하러 갔다가 안협집만 붙잡히는 장면이 나온다. 마지막으로 5와 6에서는 삼돌이의 고자질로 김삼보와 안협집이 부부 싸움을 하는 모습이 나온다. 이렇게 사건 전개에 따라 순차적으로 작품이 구성된다.

◆**작품의 감상과 수용**

### 시대를 대변하는 인물들

이 소설에서 주요 등장인물은 세 명이다. 안협집, 안협집의 남편인 김삼보 그리고 삼돌이가 그들이다. 이들은 공통점이 없는 듯 보지만, 모두 일제 강점기에 궁핍한 현실을 살아가는 인물들이다. 경제적으로 무능한 남편으로 인해 매음을 하는 아내, 직업이 없고 노름을 일삼는 남편, 도박과 도둑질을 하는 인물은 어려운 현실을 살아가는 모습을 보여 준다.

## 궁핍한 경제적 상황

이 작품에 등장하는 인물들은 경제적 궁핍으로 인해 윤리 의식이 약하다. 안협집은 먹고 살기 위해서라면 정조쯤은 대수롭지 않다고 여기고, 김삼보는 경제적으로 책임지지 않아도 된다는 데서 아내의 부정을 모른 척한다. 또한 삼돌이는 자신의 욕심을 채우기 위해서 뽕잎을 훔치는 것도 마다하지 않는다. 이러한 인물들의 모습은 당시 사회의 어려웠던 경제 상황을 여실히 나타낸다.